U1006338

中国当代名家
系列作品选
散文卷

秋水长天

蒋建伟 李兴海 主编

江西教育出版社
JIANGXI EDUCATION PUBLISHING HOUSE
·南昌·

图书在版编目（CIP）数据

秋水长天 / 蒋建伟，李兴海主编．-- 南昌：江西教育出版社，2022.2
（中国当代名家系列作品选．散文卷）
ISBN 978-7-5705-2482-2

Ⅰ．①秋… Ⅱ．①蒋… ②李… Ⅲ．①散文集－中国－当代 Ⅳ．①I267

中国版本图书馆 CIP 数据核字 (2021) 第 207489 号

秋水长天
QIUSHUI CHANGTIAN
蒋建伟　李兴海　主编

出 品 人　廖晓勇
选题策划　李永山
责任编辑　徐　蔚
责任印制　朱贤民

江西教育出版社出版
（南昌市抚河北路 291 号　　邮编：330008）
各地新华书店经销
湖南天闻新华印务有限公司印刷
787 毫米 × 1092 毫米　1/32　10 印张　字数 150 千字
2022 年 2 月第 1 版　2022 年 2 月第 1 次印刷
ISBN 978-7-5705-2482-2
定价：49.80 元

赣教版图书如有印装质量问题，请向我社调换　电话：0791-86710427
投稿邮箱：JXJYCBS@163.com　　电话：0791-86705643
网址：http://www.jxeph.com

赣版权登字 -02-2021-683
版权所有 侵权必究

序

何为散文?

“在中国文学史上，散文这个概念显然并非立足于其形式和内容方面的‘散’或‘不散’，而是相对于韵文而言的散行文体。”著名学者林非认为:“这种韵散之别的表达方式，在上古时期并未被引起重视，汉晋以来对文体的辨析渐趋细致，逐步形成了对韵散各种问题的论列。刘勰《文心雕龙·总术》以为‘今之常言有文有笔，以为无韵者笔也，有韵者文也’，他在《文心雕龙》中所列举的21种文体，属于他所说的‘笔’的部分16种，大体都可归入广义散文的范畴。”如此来看，“形散而神不散”只是中国当代散文写作中的一种写法，并不能代表所有散文的写法，更不能给散文写作者套上这个“紧箍咒”，提前设置这个不必要的清规戒律。我们需要打破散文创作的陈规，力求创新。比方说，可不可以“神散而形不散”“精短美文”？可不可以“大文化散文”“民生散文”“军旅散文”“亲情散文”“纪实散文”“动植物微观随笔”“禅意小品”“哲思札记”“笔记体散文”“手机短信散文”“微信散文”“民间语文式散文”，甚至说，可不可以“散文的诗歌化语言”“诗散文的想象与叙事”？……在创新的过程中寻找一条出路，思想才会飞翔，飞得越来越远。

古今中外的文学家，都在思考一个问题：“如何写好散文？”郁达夫在《中国新文学大系·散文二集》的《导言》中，也介绍过散文分类的方法，他倾向于将散文用“实写、抒情、说理”三项来概括，认为这种分类方法“合理而简明”。其中所说的“实写”，带有当代散文写作中纪实、叙事和写人的意味，属于非虚构写作，表达形式也是林林总总，对文学技法的要求不高，很容易被大众接受和喜爱。练习者一多，经常写散文、发表散文的作者也便成了散文家，有了自己较为熟练的技巧和经验，有了自己或激情四射、或思想空灵的个性。这种个性，就是文学创作中所讲的特立独行，也只有这样，读者才能从世界上浩如烟海的散文作品当中一下子认出你的作品。

文学创作的形式、技巧，可以千变万化，但是，内核不能变。说起来，小说应该有小说的样子：虚构和想象。散文也应该有散文的样子：善良，特别是埋藏于人性深处的善良。我认为，散文家的笔下，首先讲究真实，然后，善良才是一篇散文作品的内核。

“我们需要好人的存在！”著名作家梁晓声始终在呼吁中国社会要提倡好人文化。他说：“好的文化会有许多的标准，其中最重要的一条，就是关于好人。好人最重要的一条标准就是善良，这是根。秉持着善良这一点，对许多事情的判断都不会那么复杂，变得相对简单了。”“我们希望有一天，做一个好人能成为生活幸福指数的一部分。”也就是说，不论在任何时代，都需要好人多一些。

换句话说，好人作为推动社会进步的个体，可以阻止时代向不好的方面倒退。那么，什么样的人才是好人呢？在这里，梁晓声所说的好人并不是老好人，而是自身有文化、有知识、有价值观的人。

善良，不仅是一种文化，也是一个人的情怀。所以说，我们写散文的人，包括许多还在学校写作文的小学生、中学生、大学生，要做一个善良的人，写出善良的文字。

写到这里，我不由自主地想起了 90 岁高龄的林非先生。林非先生一生致力于中国散文和鲁迅研究，作文严谨，著作等身，不知扶持了多少后生晚辈，做过多少件善良的事情！乃至，多得连林非先生自己都忘了。印象最深刻的是，每次我给他打电话，还没等我张口，他就抢先说："你刚刚发表的文章我看了，写得很好——"他把最后一个字的余音拖得很长，有肯定，有鼓励，有期许，让人心底好一阵温暖。近年来，他困顿于病床之上，然读书仍不知疲倦。2020 年春节前，我和林非先生的爱人、作家肖凤短暂通话，谈及先生的病况，很是牵念。这之后，全球新型冠状病毒肺炎疫情来袭，反反复复侵扰，已经两年多没有他的消息了。想起他面对面对我的教导，想起他对于我的创作的关爱和批评，泪水翻涌，心音默默，唯有遥祝他老人家早日康复。我的耳边，时常响起林非先生的两句话："一切出于真挚和至诚，才是散文创作唯一可以走的路。""千万注意坦率地表露出自己的真情实感和内心图景，千万别将内心封闭起来假装崇高，否则，是无法让读者相信作者真正是崇高的。"

我们所擅长的东西，也正是需要我们保持万分警惕的东西。北宋初年文坛有一场轰轰烈烈的古文运动，以欧阳修等人为代表的文人群体探讨着如何继承与发展韩愈、柳宗元的散文传统，他们对于"道统"还是"文统"进行了反复激烈的大争论，这充分显示出他们在自己发起的古文运动中，具有十分自觉的建树散文文体的意识。

这也说明，散文写作不是一成不变的，是能够求新、求变的，我们通过一篇篇的摸索和实践，一次次的思考和参悟，一次次的碰壁、被打倒、站起来，然后继续碰壁、碰壁，不断地在否定自己和发现自己的困惑中有所感悟，有所成长和进步。

这套书，这么多篇的散文，希望能带给读者不一样的阅读体验。

蒋建伟

2021年11月9日于北京

目录

五味巷 贾平凹 / 001

秋的气味 林海音 / 009

乡愁，是与生俱来的胎记 顾晓蕊 / 013

稻天朗朗 石红许 / 036

生生之水 叶浅韵 / 044

菌子王 朱华胜 / 069

打谷记 曾明山 / 091

年味 陈蕙卿 / 099

母亲的疆场 沈洋 / 108

姥姥一百岁 高林有 / 115

娘月亭 何正良 / 124

爷爷 李鸿 / 133

家族里最后一位大家闺秀 万红英 / 139

欢聚在傣家竹楼
——记文学大师丁玲暮年远赴西双版纳 冯永祺 / 146

婚礼，在南柯南巴 黄豆米 / 159

彼如乡村 崔玉松 / 172
水墨色的铜钹山 蒋建伟 / 191
漫游太姥山小记 叶延滨 / 198
高山云雾听茶香 朱华胜 / 204
绝色哈播 山地 / 212
乡间小路 岳凡 / 217
静静的山间草原 欧之德 / 221
酒仙湖散曲 谭仲池 / 228
跟鼠 王征雁 / 238
猫猫石上的粗陶和红茶 宁红瑛 / 250
约见石头 朱华胜 / 256
过年 崔玉松 / 265
味蕾上的故乡 宁红瑛 / 279
百里滩的四季之贻 李子胜 / 290

五味巷

贾平凹

长安城内有一条巷：北边为头，南边为尾，千百米长短；五丈一棵小柳，十丈一棵大柳。那柳都长得老高，一直突出两层木楼，巷面就全阴了，如进了深谷峡底；天只剩下一带，又尽被柳条割成一道儿的，一溜儿的。路灯就藏在树中，远看隐隐约约，羞涩像云中半露的明月，近看光芒成束，乍长乍短在绿缝里激射。在巷头一抬脚起步，巷尾就有了响动，背着灯往巷里走，身影比人长，越走越长，人还在半巷，身影已到巷尾去了。巷中并无别的建筑，一堵侧墙下，孤零零站一竿铁管，安有龙头，那便是水站了；水站常常断水，家家少不了备有水瓮、水桶、水盆儿，水站来了水，一个才会说话的孩子喊一声“水来了！”全巷便被调动起来。缺水时节，地震时期，巷里是一个神经，每一个人都可以当将军。买高档商品，是要去西大街、南大街，但生活日用，却极方便：巷北口就有了四间门面，一间卖醋，一间卖椒，一间卖盐，一间卖碱；巷南口又有一大铺，专售甘蔗，最受孩子喜爱，每天门口拥集很多，来了就赶，赶了又来。巷本无名，借得巷头巷尾酸辣苦咸甜，便"五味，五味"，从此命名叫开了。

这巷子，离大街是最远的了，车从未从这里路过，或许就最保守着古老，也因保守的成分最多，便一直未被人注意过、改造过。但居民却看重这地方，住户越来越多，门窗越安越稠。东边木楼，从北向南，一百二十户，西边木楼，从南向北，一百零三户。门上窗上，挂竹帘的、吊门帘的、搭凉棚的、遮雨布的，一入巷口，各人一眼就可以看见自己门窗的标志。楼下的房子，没有一间不阴暗，楼上的房子，没有一间不裂缝；白天人人在巷里忙活，夜里就到每一个门窗去，门窗杂乱无章，却谁也不曾走错过。房间里，布幔拉开三道，三代界线划开；一张木床，妻子，儿子，香甜了一个家庭，屋外再吵再闹，也彻夜酣眠不醒了。

城内大街是少栽柳的，这巷里柳就觉得稀奇。冬天过去，春天几时到来，城里没有山河草林，惟有这巷子最知道。忽有一日，从远远的地方向巷中一望，一巷迷迷的黄绿，忍不住叫一声“春来了！”巷里人倒觉得来得突然，近看那柳枝，却不见一片绿叶，以为是迷了眼儿。再从远处看，那黄黄的，绿绿的，又弥漫在巷中。这奇观儿曾惹得好多人来，看了就叹，叹了就折，巷中人就有了制度：君子动眼不动手。只有远道的客人难得来了，才折一枝二枝送去瓶插。瓶要瓷瓶，水要净水，在茶桌几案上置了，一夜便皮儿全绿，一天便嫩芽暴绽，三天吐出几片绿叶，一直可以长出五指长短，不肯脱落，娟秀如美人的长眉。

到了夏日，柳树全挂了叶子，枝条柔软修长如长发，数十缕一撮，数十撮一道，在空中吊了绿帘，巷面上看不见楼上窗，楼窗里却看清巷道人。只是天愈来愈热，家家门窗对门窗，火炉对火炉，巷里热气散不出去，人就全到了巷道。天一擦黑，男的一律裤头，女的一律裙子，老人孩子无顾忌，便赤着上身，将那竹床、竹椅、竹席、竹凳，巷道两边摆严，用水哗地泼了，侧身躺着卧着上去，茶一碗一碗喝，扇一时一刻摇，旁边还放盆凉水，一刻钟去擦一次。有月，白花花一片，无月，烟火头点点，一直到了夜阑，打鼾的、低谈的、坐的、躺的，横七竖八，如到了青岛的海滩。

若是秋天，这里便最潮湿，砖块铺成的路面上，人脚踏出坑凹，每一个砖缝都长出野草，又长不出砖面，就嵌满了砖缝，自然分出一块一块的绿的方格儿。房基都很潮，外面的砖墙上印着泛潮后一片一片的白渍，内屋脚地，湿湿虫繁生，半夜小解一拉灯，满地湿湿虫乱跑，使人毛骨悚然，正待要捉，却霎时无影。难得的却有了鸣叫的蛐蛐，水泥大楼上，柏油街道上都有着蛐蛐，这砖缝、木隙里却是它们的家园。孩子们喜爱，大人也不去捕杀，夜里懒散地坐在家中，倒听出一种生命之歌，欢乐之歌。三天，五天，秋雨就落一场，风一起，一巷乒乒乓乓，门窗皆响，索索瑟瑟，枯叶乱飞。雨丝接着斜斜下来，和柳丝一同飘落，一会儿拂到东边窗下，一会儿拂到西边窗下。末了，雨戛然而止，太阳又出来，复照玻璃窗上，这儿一闪，那儿一亮，两边人家的动静，各自又对映在玻璃上，如演电影，自有了天然之趣。

孩子们是最盼着冬天的了。天上下了雪，在楼上窗口伸手一抓，便抓回几朵雪花，五角形的，七角形的，十分好看，凑近鼻子闻闻有没有香气，却倏忽就没了。等雪在柳树下积得厚厚的了，看见有相识的打下边过，动手一扯那柳枝，雪块就哗地砸下，并不生疼，却吃一大惊，楼上楼下就乐得大呼小叫。逢着一个好日头，家家就忙着打水洗衣，木盆都放在门口，女的揉，男的涂，花花彩彩的衣服全在楼窗前用竹竿挑起，层层叠叠，如办展销。凡翻动处，常露出姑娘俊俏俏白脸，立即又不见了，唱几句细声细气的电影插曲，逗起过路人好多遐想。偶尔就又有顽童恶作剧，手握一小圆镜，对巷下人一照，看时，头儿早缩了，在木楼里嗤嗤痴笑。

这里每一个家里，都在体现着矛盾的统一：人都肥胖，而楼梯皆瘦，两个人不能并排，提水桶必须双手在前；房间都小，而立柜皆大，向高空发展，乱七八糟东西一股脑全塞进去；工资都少，而开销皆多，上养老，下育小，两个钱顶一个钱花，自由市场的鲜菜吃不起，只好跑远道去国营菜场排队；地位都低，而心性皆高，家家看重孩子学习，巷内有一位老教师，人人器重。当然没有高干、中干住在这里，小车不会来的，也就从不见交通警察，也不见一次戒严。他们在外从不管教别人，在家也不受人教管：夫妻平等，男回来早男做饭，女回来早女做饭。他们也谈论别人住水泥楼上的单元，但末了就数说那单元房住了憋气：一进房，门"砰"地关了，一座楼分成几十个世界。也谈论那些后有后院，前有篱笆花园的人家，但末了就又数说那平房住不惯：邻人相见，而不能相逾。他们害怕那种隔离，就越发维护着亲近，有生人找一家，家家都说得清楚：走哪个门，上哪个梯，拐哪个角，穿哪个廊。谁家娶媳妇，鞭炮一响，两边楼上楼下伸头去看，乐事的剪一把彩纸屑，撒下新郎新娘一头喜，夜里去看闹新房，吃一颗喜糖，说十句吉祥。谁说不出谁家大人的小名，谁家小孩的脾性呢？

他们没有两家是乡党的，汉，回，满，各种风俗。也没有说一种方言的，北京，上海，河南，陕西，南腔北调。人最杂，语言丰富，孩子从小就会说几种话，各家都会炒几种风味菜，除了外国人，哪儿来的人都能交谈，哪儿来的剧团，都要去看。坐在巷中，眼不能看四方，耳却能听八面，城内哪个商场办展销，哪个工厂办技术夜校，哪个书店卖高考复习资料？只要一家知道，家家便知道。北京开了什么会，他们要议论，某个球队出国得了冠军，他们要欢呼，哪个干部搞走私，他们要咒骂。议完了，笑完了，咒完了，就各自回家去安排各家的事情，因为房小钱少，夫妻也有吵的，孩子也有哭的。但一阵雷鸣电闪，立即便风平浪静，妻子依旧是乳，丈夫依旧是水，水乳交融，谁都是谁的俘虏；一个不笑，一个不走，两个笑了，孩子就乐，出来给人说：爸叫妈是冤家，妈叫爸是对头。

早上，是这个巷子最忙的时候。男的去买菜，排了豆腐队，又排萝卜队，女的给孩子穿衣喂奶，去炉子上烧水做饭。一家人匆匆吃了，但收拾打扮却费老长时间：女的头发要油光松软，裤子要线楞不倒，男子要领齐帽端，鞋光袜净，夫妻各自是对方的镜子，一切满意了，一溜一行自行车扛下楼，一声丁零，千声呼应，头尾相接，出巷去了。中午巷中人少，孩子可以隔巷道打羽毛球。黄昏来了，巷中就一派悠闲：老头去喂鸟儿，小伙去养鱼，女人最喜育花。鸟笼就挂满楼窗和柳椏上，鱼缸是放在走廊、台阶上，花盆却苦于没处放，就用铁丝木板在窗外凌空吊一个凉台。这里的姑娘和月季，突然被发现，立即成了长安城内之最，五年之中，姑娘被各剧团吸收了十人，月季被植物园专家参观了五次。

就是这么个巷子，开始有了声名，参观者愈来愈多了。八一年冬，我由郊外移居城内，天天上下班，都要路过这巷子，总是带了油盐酱醋瓶，去那巷头四间门面捎带，吃醋椒是酸辣，尝盐碱是咸苦。进了巷口，一直往南走，短短小巷，却用去我好多时间，走一步，看一步，想一步，千缕思绪，万般感想。出了南巷口，见孩子们又拥集在甘蔗铺前啃甘蔗，吃得有滋有味，小孩吃，大人也吃。我便不禁两耳下陷坑，满口生津，走去也买一根，果然水分最多，糖分最浓，且甜味最长。

秋的气味

林海音

秋天来了，很自然地想起那条街——西单牌楼。

无论从哪个方向来，到了西单牌楼，秋天，黄昏，先闻见的是街上的气味。炒栗子的香味弥漫在繁盛的行人群中，赶快朝那熟悉的地方看去，和兰号的伙计正在门前炒栗子。和兰号是卖西点的，炒栗子也并不出名，但是因为它在街的转角上，最是扎眼，就不由得就近去买。

来一斤吧！热栗子刚炒出来，要等一等，倒在箩中筛去裹糖汁的砂子。在等待称包的时候，另有一种清香的味儿从身边飘过，原来眼前街角摆的几个水果摊子上，啊！枣、葡萄、海棠、柿子、梨、石榴……全都上市了。香味多半是梨和葡萄散发出来的。沙营的葡萄，黄而透明，一撅两截，水都不流，所以有“冰糖包”的外号。京白梨，细而嫩，一点儿渣儿都没有。“鸭儿广”柔软得赛豆腐。枣是最普通的水果，郎家园是最出名的产地，于是无枣不郎家园了。老虎眼、葫芦枣、酸枣，各有各的形状和味道。“喝了蜜的柿子”要等到冬季，秋天上市的是青皮的脆柿子，脆柿子要高桩儿的才更甜。海棠红着半个脸，石榴笑得露出一排粉红色的牙齿。这些都是秋之果。

抱着一包热栗子和一些水果，从西单向宣武门走去，想着回到家里，在窗前的方桌上，就着暮色中的一点光亮，家人围坐着剥食这些好吃的东西的快乐，脚步不由得加快了。身后响起了当当的电车声，五路车快到宣武门的终点了。过了绒线胡同，空气中又传来了烤肉的香味，是安儿胡同口儿上，那间低矮窄狭的烤肉宛上人了。

门前挂着清真的记号，它是北平许多著名的回教馆中的一个，秋天开始，北平就是回教馆子的天下了。矮而胖的老五，在案子上切牛羊肉，他的哥哥老大，在门口招呼座儿，他的两个身体健康、眼睛明亮、充分表现出回教青年精神的儿子，在一旁帮着和学习着剔肉和切肉的技术。炙子上烟雾弥漫，使原来就不明的灯更暗了些，但是在这间低矮、烟雾弥漫的小屋里，却另有一股温暖而亲切的感觉，使人很想进去，站在炙子边举起那两根大筷子。

老五是公平的，所以给人格外亲切的感觉。他原来只开一间包子铺，供卖附近居民和路过的劳动者一些羊肉包子。渐渐的，烤肉出了名，但他并不因此改变对主顾的态度。比如说，他们只有两个炙子，总共也不过能围上一二十人，但是一到黄昏，一批批的客人来了，坐也没地方坐，一时也轮不上吃，老五会告诉客人，再等二十几位，或者三十几位，那么客人就会到西单牌楼去绕个弯儿，再回来就差不多了。没有登记簿，他们却是丝毫不差地记住了前来后到的次序。没有争先，不可能插队，一切听凭老五的安排，他并没有因为来客是坐汽车的或是拉洋车的，而有什么区别，这就是他的公平和亲切。

一边手里切肉一边嘴里算账，是老五的本事，也是艺术。一碗肉，一碟葱，一条黄瓜，他都一一唱着钱数加上去，没有虚报，价钱公道。在那里，房子虽然狭小，却吃得舒服。老五的笑容并不多，但他给你的是诚朴的感觉，在那儿不会有吃得惹气这种事发生。

秋天在北方的故都，足以代表季节变换的气味的，就是牛羊肉的膻和炒栗子的香了！

乡愁，是与生俱来的胎记

顾晓蕊

回不去的故乡

春日的一个夜晚，看吴冠中的画，是一组关于树的。黑瓦白墙的屋舍，房前房后种有树，几抹乱红，繁花点点。抑或是低矮的院墙外，种有数行青竹，竹高而直，青碧喜人。到处充盈着绿意，那一汪汪绿，似是要从树干上枝叶间流淌出来。淌入眼里，淌到心里，淌进乡人的酣梦里。村外一条清碧明澈的小河，终年潺潺流淌，环绕护佑着宁谧的村庄。

这般水墨浸染的村庄，曾浮现在我的梦中。在一棵树的招引下，沿着一缕花香，我又回到故乡。然而，令人唏嘘感伤的是，如此美好的情境，只可在梦中寻得。少小离家，我游走在不同的城市，故乡已淡出记忆。尤其近年来，祖父母相继离世，回乡的次数就更少了。

按乡下的风俗，“早清明，晚十一”，父母会在清明前回乡扫墓。以往父母想到我忙，并不勉强随行，我也嫌路上颠簸，便找理由推脱。而今年父亲打来电话，话语中有不容拒绝的坚定。

长途车驶进县城后，拐到一条坑洼土路上。车颠得很厉害，拥挤的车厢中飘浮着一股咸湿难闻的气息，我有些晕车，胃里一阵翻涌。我朝车窗外望去，目光追赶着田间几株稀落的杏花。终于下了车，在岔路口等三轮车时，父亲回头深望我一眼，说，你来领路吧！我四下眺望，一时愣怔在那儿，不知该往哪边走。人至中年，却不认得回乡的路，我不免伤怀，颇有些尴尬。

我和你妈年岁大了，记性已不如从前，说不定以后回来，就全靠你带路了。哎……父亲的叹息极轻，却似一阵风，在我的心湖上荡起细小的涟漪。

我一脸羞赧地望去，父母的鬓间掺杂不少白发，恍若秋日苇塘中的芦花。为掩饰自己的窘迫，我低声辩解道，回老家的次数本来就少，车厢里气味难闻，又颠得七荤八素的，哪还顾得上记路。

当然这是借口，连自己也觉牵强。还有句没说出的话，那便是记忆中的故乡，已沦陷在时光深处，一切都变了模样。

中原腹地有个叫竹园的村子，是我的衣胞之地。村中的孩子们，一茬一茬地长大，之后逃离土地，到城市中去寻梦。而今它与附近的村庄，有愈来愈相似的面孔，像一位老人沟壑遍布的憔悴的脸。

这不是我童年的那个村庄，我曾一次又一次地，透过被岁月淘洗的记忆，以及父亲散乱的回忆，试着去打碎、拼接、还原，一个真实的有温度的故乡。

在记忆里，树是村庄的灵魂。家家户户院里种有桃树、杏树、石榴树、樱桃树等，墙角植有青竹。院落之间但凡有点空地，都被栽上泡桐树、洋槐树、杨树、榆树，村后还有一大片青茂的竹林。“风吹梅蕊闹，雨细杏花香”“窗前一丛竹，青翠独言奇”“砌下梧桐叶正齐，花繁雨后压枝低”……生长在古诗中的树，跟乡村的树是一样的，只是村民们并不知晓，它们已被吟咏千年。

我家老屋的门前，种有一棵杏树，一棵桃树。父亲是位军人，常年驻守海岛，这两棵树是他在我和弟弟出生后，回家探亲时栽下的。在母亲温柔目光的抚摸下，它们不断抽枝绽叶，只几年工夫，就超过我的个头。春天来时，杏花落了，桃花开了，小院的春天是醉人的。

听父亲说起过，早年乡下有土匪出没，为防乱世遭劫，村子四周筑有寨墙，墙外挖有护村河。再后来寨墙被拆毁，十几米宽的壕沟还在。我隐约记事起，春长雨水多。雨一旦下起来，跟天漏了似的，淋淋沥沥的，得下上一两天。水恣意地流淌，护村河沟、村里的大坑、田间的水渠，都溢满了水。村庄被水分隔开来，成为汪洋中的一个个小岛。

我家前面有个大坑塘，水总是满的。有一年父亲休假归来，在塘里种上了荷花，第二年春暮夏初，青碧的荷叶挤了半塘。母亲常到塘边洗衣服，棒槌一下下地用力敲着。塘边有株粗大的紫藤树，紫藤花盛开时，远看宛如一片紫云。我喜欢坐在藤条上荡秋千，仰头向上看，觉得好似荡进云彩里。

在树的护佑下，水的滋养下，村庄古朴中透出几许灵气。春日的清晨，村民在鸟儿的啁啾中醒来，去往田间劳作，待到傍晚时分，他们蹚着花香缓缓归来。这时放牧的孩子也回来了，他们会缠着大人，去河沟里、水渠里叉鱼。有水的地方，自然有鱼。洗好的鱼用清水煮了，放点盐、葱花，熬得泛白的清香鱼汤，就着灿黄的苞米面饼子，就是一顿美餐了。

乡里人的心，是简朴而天真的。到田地里去做活，屋门从不上锁，没听说谁家丢过东西。做饭时，发现少盐缺醋，便去邻家借来。飘荡在村庄上空的炊烟也如人一般，有天然的亲近感，在相互凝视中袅袅起舞，或干脆纠缠在一起。

不知何时起，“树绕村庄，水满陂塘”的景况一去不复返了。成片成片的竹子被砍掉，村中大树多被齐腰砍断，壕沟水渠填上了土，坑塘中的水也干涸了。记得前几年回乡时，我绕塘而行，怎么也找不到那片紫藤花云。我感到有些恍惚，这使得原本稀薄的童年记忆，兀然可疑了起来。

炊烟远去了，灶台被燃气灶取代，面对一大桌的饭菜，却再也品不出故乡的味道。牧童不见了，落日斜晖，坡上老牛，成了美丽虚幻的剪影。村中的青壮年大都外出打工，有人用攒下的钱，在村中盖起气派的两层小楼，红漆木门上挂着把沉重的大锁。他们脚步匆匆地来去，将空荡荡的房子，以及漫无边际的孤独留给老人和孩子。

那天，我最终还是紧随在父母身后，回到了故乡。老屋已然苍老，院内静立着一株杏树，并非早年的那一株，却带着熟稔的旧日气息。有风吹来，片片杏花落，花飞如雪。我伫立在树下，凝望着一地单薄清软的花瓣，心里充溢着难言的深深的忧伤。

或许多年前那个夏日，我扯着母亲的衣襟，踏上北去的列车，就已注定了这样的结局。故乡之所以令人难忘，是因那里的山石草木，见证过一段山河岁月，跟一个人的精神成长有着某种隐秘的联系。而今记忆就这么断裂了，回不去了，再也回不去了，故乡已消逝在岁月的拐角处。

柔软时光

在海岛上居住的日子，是一段柔软得近乎轻奢的时光。

那些年间，每天下午清越悠扬的钟声响过，我像冲出樊篱的鸟儿奔向海边，沿着狭长的水岸，晃悠悠地朝家走去。母亲曾叮咛放学走大路，不要离海太近，她的话一出口，便被风吹散了。我喜欢沿着岸边走，边走边眺望大海，小小的心，快乐得像一只张满的帆。

海水蓝得梦幻，蓝得纯澈，荡着令人迷醉的光泽。幽邃的海面上，不时有浪花溅起，如千万朵白莲绽放，旋开旋落。彼时我眼中的大海，比一万个故乡的水塘还要大，还要美。

初夏的一天，母亲带着我随军去往海岛。在老式的绿皮火车上，母亲默默啃嚼着冷硬的窝头，却很大方地买了块面包，递给我当晚餐。那是我平生第一次吃到面包，焦灿灿的，又软又香。对于年仅七岁的孩子来说，一块面包的清香，可令其遗忘记忆的来路。

从初见大海时的惊诧，到后来每日与海相伴，大海成了我难舍的依恋。有时走着走着，霞光如透明的薄纱落在海上，晕染出或浓或淡的胭红，水面泛起瑰丽奇异的波光，常引得我好一阵遐想。

到了一栋废旧的欧式小楼前，抬头侧望，那时我只知道它的来历跟一处历史的伤口有关。楼顶盘旋着成群的海鸥，从一排破损的窗户飞进飞出，它们羽翼洁白，身子轻盈，是可爱的海精灵。我总觉得小楼里隐藏了许多秘密，这里向来大门紧锁，我从未走进去过。

我痴望一会儿，霞光逐渐散去，有轻柔的凉意升起，该回家了。沿着小楼北侧的石板路，向上走不远就到家了，我并不急着进屋，扭身钻进菜园子里。

在海岛上住下后，母亲在绣花厂谋到份工作。但她似乎对土地有天然的亲近感，说这一大片地要搁家乡是宝地，这么荒着可惜了，不如辟出种菜！她那拈绣花针的手，锄起地同样灵巧，一园子的菜，被莳弄得青幽幽、水汪汪的。

踏进飘香的菜园，我如鱼儿游在水中般清欢自在。顺手拧下根黄瓜，在手心很快转几下，便大口地嚼起来。园子里有蝴蝶、蚂蚱、磕头虫、花大姐……我左扑右抓，追得满园子跑。来来回回折腾一阵儿，玩累了，将篱笆上的花摘几朵，胡乱斜插到头上，这才转回屋去。

我的家掩映在绿瀑布般的爬墙虎中，宛如童话中的小屋。屋后有山，山的后面仍是山，岛由三座山合抱而成。苍郁的密林里，是另一片清幽的好去处。

那是一个夏日的午后，趁家人午睡，我揣本书悄悄出门，奔往山后的丛林。

森林里草木蓬勃，山野浩荡，空中弥散着潮湿的海的气息。林中树木有的已有百年，树干遒劲粗大，筛落一地浓荫。我坐在一棵老树下，欣然翻起书来。我已忘记了书名，书中提到一个“丢了故乡的人”。我被这句话击中，歪头回想着故乡的模样。记忆的珠链却兀然断掉，一片模糊，似乎我是个没有故乡的人。

这让我感到忧惧与不安，连那些清浅的欢乐时光，也变得不那么真实了。想起母亲曾说过，在山后有一片青青的竹林，跟故乡的竹林一样丛密而幽静。我中了魔似的想去寻找那片竹林，好像只有到那里，才能拨开缠绕心头的薄雾。

我奔行在一片绿意中，越过荆棘、青草与苔藓，走得太累了，倚着一棵树喘息。一扭身，忽看见一条蛇，足有尺余长，灰白花纹，诡异地蜿蜒爬行。我恐惧极了，两腿绵软，蹲下身不敢动弹，直到它窜入草丛，隐没不见。

我起身继续向前，孤独地走了许久，在树林里转了又转，没有发现竹林。竹园，竹园，我默念着故乡的名字，心中满是怅然。无奈只得往回走，身上的力气似被卸掉，我摇摇晃晃，脚步踉跄起来。仓促间脚下一滑，身子沿着陡崖下坠，快速地向前滑去。我被一株长在崖边的野桃树拦住，树上结满青涩的小桃。我抱着树，身子紧紧地依偎着，漫出一脸的泪。

蓦然间，往事如注入沸水的茶叶，“扑腾腾”地翻涌而出。千里之外的故园，门前也有一株桃树，这难道是一个暗示，或是一种隐喻吗？我忍住疼痛，慢慢挪动着身体，终于爬上崖顶。

到家时天色已黑，我急促地推门进屋，多想将这一路的惊魂凶险，全都吐诉给母亲。她正在做饭，回头看我一眼，轻淡地说，你可回来了，准备吃饭吧！在母亲看来，那是个寻常的下午，我的话被挡在唇边，也就不想说了。

那夜，我携着一个巨大的秘密入睡，身体里似汹涌着一股暗流。第二天醒来，忽觉自己一夜长大了。

我十六岁那年，随父亲转业回到内地小城。无数个寂静的月夜里，我梦见自己漫步在海边，聆听着阵阵波涛声。雪白的浪花、轻柔的沙滩、低徘的海鸥，俨然一幅清美的画面，一切都是那么美好。

十余年后的一天，我回到梦绕魂牵的海岛。依旧沿着岸边走，眼前的景象让我惊讶不已，沿途尽是摆小摊的，充斥着嘈杂的叫卖声。随处可见花园式的景观，却少了未凿的天真，昔日宁静幽僻的小岛，已成为喧闹的旅游胜地。

那栋神秘的欧式小楼，大门敞开，楼顶不见成群飞舞的海鸥。我不止一次地想象过，楼内有厚厚的鸟粪，还会有海鸥蛋，却失望地发现里面空荡荡的。站在一扇窗前，我朝远处眺去，偶见两三只海鸥，受到惊吓似的，将白色的身影射向天空。

海岛，我的第二故乡，曾一度是我精神上的原乡。而今，它已隐匿在渐行渐远的岁月里，遥远得恍如一个迤逦的梦。那些柔软的旧时光，带给我多少欢欣愉悦，这一刻却轻轻触荡着我的心，漾起一波波的愁伤。

荷花的心

读清代文人沈复的《浮生六记》，记下了荷花茶。想象中，夏日的月夜，一个叫芸的聪慧俏皮的女子，一路轻拈裙角，绕过回廊到荷塘边，将裹有茶叶的小纱囊，放置花心中。翌日晨起取出，用天泉水冲泡，轻啜一口茶，慢慢饮下，啊呀——香韵清绝。

有一回饭桌上，我讲给母亲听，她听得一头雾水，问道："小芸，是哪个村的闺女？什么荷花茶？"我扑哧乐了，一口汤差点喷出。

母亲年轻时家境贫寒，高小没毕业便休学务农，自然不知道林语堂眼中最可爱的女人——芸娘，但她也是个灵慧的人。不然如当年父亲那么俊朗的年轻军官，怎会与相貌平平的母亲一见定情，并于回乡探亲时，亲手为她植下一塘清荷。

那些年，父亲每年在家停上半月，将生活的担子抛给母亲。母亲长年在田间劳碌，深嗅着泥土的芬芳，大地滋养万物，也滋长人的智慧。田里的活，家里的活，够让她费心劳神的，但她从无责怨。距院门十几步远是荷塘，母亲洗衣服，做针线活，都喜欢到荷塘边。

盛夏时节，一片片清碧的荷叶，映衬着亭亭的荷花，微风过处，花叶摇曳。空闲时，母亲会坐在大槐树下绣花，绣一会儿，抬头望向荷塘，眼波柔成一汪水。家里的门帘、窗帘、床单上，都被绣上了朵朵清荷，屋中似缠绕着芳香。她对荷花是钟爱疼惜的，从不轻易采摘，也不允许村里的孩子乱采。

我那年六岁，一天，趁母亲去地里忙活，跟几个玩伴到塘边，摘下荷叶撑在头顶当伞。几个人绕着荷塘跑，玩腻了，把荷叶随手丢掉，划着大木盆采莲蓬。剥去外面的青衣，露出嫩生生的莲子，咬一口，涩且苦，并不好吃。我们嘻嘻笑着，干脆用它互相砸着玩。

这一切被收工回来的母亲看到，将我狠训一顿。我委屈地嘟哝：“莲子一点都不好吃，有什么用呢？”母亲的目光黯淡下来，幽叹道：“莲子是荷花的心，它的心是苦的。哎！”她的话我听不太懂，但那声重重的叹息，却落在我心里。

第二年夏天，母亲带着我离开乡村，之后的几十年间，我们总在不断地搬家。用母亲的话说，房子越换越大了，心里却空落落的。她不大愿出门，坐什么车都晕，只有脚踩在地上，心里才感觉踏实。母亲还说城里的马路太硬，硌得脚疼。她的脚趾骨节变粗大，将鞋子都撑变形了。

母亲的话语中，有近乎挑剔的执拗。可一说回乡下，她便眉眼舒展，一脸的安然和欣悦。我有时觉得自己并不真正了解她，就好像不懂得那片土地。后来有一件事，在我心中掀起一阵微澜。

一天上班路上，走到桥头时，遇到个挑着花担的人，是位面色黢黑的汉子。他用一根扁担，挑起两筐荷花，走着晃着，洒下一路清芳。男人身上的衣衫已湿透，不知赶了多远的路，他夹在两筐花中间，被花熏染得人也清爽起来。

看到路上行人渐多，他停下脚步，眼睛在人群中上睃望，显得有些拘谨，又有些期待。

见过胳膊上拐着篮子卖桂花、卖栀子花的人，还是第一次遇见有人挑着担子卖荷花，我有些好奇地凑上前。粉的白的半开的花苞，一副羞怯的怜人模样，斜倚在竹编的筐里，散发着令人恍惚的香气。

卖花的汉子是否因生活的窘迫，涉水将它们采摘下来，而这些花儿又经历过多少曲折，已成为无从知晓的秘密。我掏钱，付钱，买了三枝清荷，抱在怀里到办公室。找来个空瓶子，注上清水，放入荷花。一枝枝从水中探出来，带着娇羞，整个屋子顿时生辉。

黄昏下班时，我把它们抱回了家，用青花瓶盛水插上，放到客厅窗台上。窗外一浪浪的喧哗，被花香过滤掉，我深吸一口气，心中俱是清净和安宁。

暗夜中，我又一次跌入熟悉的梦境。城市的路纵横交错，或长或短或直或弯，如蛛网，如迷宫。我穿行在一道道街巷，走来绕去，迷失了方向，找不到回家的路。我伸出手来，努力想抓住些什么，摊开来，握住的只有一把空气。

绝望如潮水般袭来，我被惊醒了。醒来时，天色初亮，趿着鞋子去看荷花。

那是个怎样的夜晚，花瓣掉落一地，瓶中只剩下光秃的茎，孤独地默立着。原来，荷花温柔平和的外表下，暗藏着一颗刚烈的心。离开了荷塘，它们拒绝盛放，宁愿从枝头“跳”下，那么坚定、决绝，毫无回旋的余地。

绝不妥协闪躲，绝不屈从求全。地上丝绒般的粉红花瓣，宛若一个悲凉的手势，我轻轻地捡拾，心里一惊又一惊。那一瞬时，我想到故乡的荷塘。忽而某天，池塘里的水干涸了，满塘的荷花纷落如雨，在一夜之间凋零，是多么惊心动魄啊！

母亲对荷花的怜爱，对泥土的迷恋，其实，细想起来，是对大地慷慨馈赠的欣喜，是对安暖乡间时光的珍重。只不过性格温慢的我，直到多年后才恍然悟到。

离开泥土淳厚的怀抱，荷花萎谢了，远离了故乡，我终将成为无根的荷花。或许有一天，在城市的某个街巷，你会遇到一位手捧荷花的女子。清脆的足音敲打着冷硬的街面，独自寂寥地走着，脸上无声地淌着泪水，那便是我啊！

乡愁，是与生俱来的胎记

回到故乡时，已临近中午，轻轻一推，半掩着的绛红色木门敞开了。

踏着青砖路走进院子，院子里有两棵树，一树桃红、一树雪白，花开满枝丫。墙边种有数行竹，竹下卧着只猫，光影斜落下来，碎金般洒在它身上。窗下摆了一排“花盆”，是些破损的瓷盆、废弃的饮料瓶、豁边的瓦罐等，里面装满土，种上了花，红红绿绿的一片，透着俗世的欢喜。

“瞧瞧，有个小院子真好！哪像城里的房子，跟鸽笼没啥两样。”母亲感叹道。话音刚落，四婶从西侧灶屋探出身来，面带惊喜地说：“想着清明是要回来的，我做着饭，没听见你们进院，快上屋吧！小四到庄上收粮食，也该回来了。”

她说的小四是我的四叔，这栋有院子的两层小楼，是他们简朴温馨的家。

父亲兄弟姐妹六人，两位姑姑远嫁他乡，二叔和三叔都搬去城里居住，只有四叔一家留在农村。四叔高中毕业后不久结了婚，同龄的年轻人陆续外出打工，他却固执地留在村里，过起田园般的躬耕生活。农闲时节，他做起生意，走街串巷地收粮食、收羊毛。靠着勤勉朴诚，生意倒还兴旺，就在前几年，翻盖了新房子。

正说着，听到外边响起“嗵嗵”声，是四叔骑农用三轮车归来。他笑着打招呼，将车开进院子停好，许是太渴了，站到竹影里捧着大碗喝水。他略清瘦，皮肤呈古铜色，黑亮的眼底闪着光，显得沉稳又精明。

父亲半开玩笑地说：“小四，到城里做生意吧？”四叔淡淡地应道：“城里太吵闹了，没乡下自在，再说我留在这，你们还能常回村转转看看。”

终日与青竹为邻，与鸟鸣为伴，他已习惯乡间的清寂。在我看来四叔是位洞悉人生的乡村智者，任生活怎样艰难不堪，他总是衣衫整洁，皱纹间淌动着水样的笑容。纵使有那么一天，村里的人都走了，四叔说他仍会留下来，做村庄最后的守护者。

四婶拎着竹篮走过来，里面放四个碗，装着馒头、水果等供品，腋下夹着沓黄纸。我们跟随她出了门，朝村西北的坟地缓缓走去。

几场春雨过后，麦苗拔节般疯长，已尺余高。那片青青麦田的尽头，有两个并排隆起的坟茔。坟上的草似感应到地下灵魂的气息，东边的草长得更旺盛而茂密，下面躺着我奶奶，她一辈子要强，连旁边的爷爷也要敬让她三分。

那个清贫的年月，奶奶在这片土地上播种希望，她种的麦子、玉米和红薯，都长得比别人家好。家中有六个正念书的半大孩子，饱满坚实的庄稼喂养他们的身体和心灵。

记得一年麦苗刚露头，被几只羊啃了一片，奶奶心里那个气恼啊！她站在地头叉着腰，甩出一嘟噜的骂，把羊羞得躲远了。仍不解气，站在那里咿呀地说个不休。我那时年纪小，跟去地里玩耍，只觉那腔调忽高忽低，似在唱戏。

那么率直、强硬的一个人，忽然就变老了，瘦成一把骨。在医院里，她有了不好的预感，低声央求父亲："咱不治了，送我回乡下吧！"

她低下身去，低到泥土里，在田间劳顿一生，最终回归乡野。她如树根扎入泥土深处，留下枝丫般的儿孙在人间，感受阳光雨露，经历风雨吹打，继续他们未走完的路。

四婶把供品端出摆好，四叔点燃黄纸，跪下，磕头，我们也都齐齐跪下去。四叔用低哑的声音缓慢地说："爹，娘，俺们来看你们了……"风吹麦田的声音，像是奶奶爽直又坦荡的笑声。

每个人从第一声啼哭开始，意味着踏上奔向死亡的旅程。我们所能做的，不过是一路行走，一路捡拾人生花开的欢喜。不管你愿不愿意，总归是要离去，化为一缕青烟，或一抔黄土，这是个悲凉又无奈的结局。

夜色沉静时，曾幻想过，到了该挥别的时候，我愿投身于大海，让灵魂在海面上飞翔。“逝去并不是终结，而是另一段行程的开始。”一如电影中的那句台词，把灵魂交给大海，交给海风和涛声。我被这虚幻的画面感动，于恍恍惚惚、柔肠百转中，竟流下几行清泪。

然而此时，我有些羡慕那睡在泥土中的人。他们以一种从容安详的姿态回归大地，听清风低语，听鸟鸣虫啁，以及万物生长发出的极细小的声音，延续着与泥土割不断、舍不下的浓情。

从田间往回走时，见有几位老人捧着碗，围坐在屋前空地上，扯聊着天，慢悠悠地吃着饭。“阿荣回来了？”有位老人认出父亲，起身打招呼。父亲忙迎上前：“您老这身子骨，还挺硬朗啊！”

四叔凑近我说：“这是麻伯，儿子儿媳也都出去打工了，家里只剩老人和孩子，那边地上玩泥巴的是他的孙子。哎，现在都成这样了。”

“这是小蕊吧？快认不出来了！”麻伯的目光转向我。我慌忙点头，嗯嗯应道。麻伯又说：“你小时候可淘了，有次从树上掉下来，摔得不轻，磕破了脑门。”旁边有位大娘插话：“这妮子性子倔，有回为了个什么事，哭着从家里跑掉，躲到玉米地里睡着了，后来被我发现，背回了家……”

我暗暗吃惊，进而生出很深的感动。面前似有一扇窗缓缓打开，穿过岁月的蒙蒙烟云，看到遗失在时光巷陌中的自己。

我是个有着双重性格的人，既倔强又脆弱，既温柔又坚韧，也许刚才还自信满满，可能下一刻便万念俱灰。一个人的性格喜好，往往能在童年经历中找到影子。而我人生某个阶段的“成长密码”，寄存在那些老人的记忆里。

他们如村中的一棵树、一块石或一堵墙，都是乡间流年的见证者，若哪天消失不见了，我该到哪里去找寻呢？

我正思绪如潮，内心纷乱时，麻伯的孙子笑嘻嘻地跑过来，脸上、衣服上、头发上都糊上泥。“等着吧，小泥猴子，到秋天你娘回来，带你进城。”麻伯笑着呵斥道。

男孩明澈的眸子暗了一下，又倏然一亮：“哦，进城喽，要进城去了。”

我随即一笑，转而想到，一团不起眼的泥巴，到了乡村孩子的手里，成了最神奇的“玩具”，让一颗小小的心获得快乐和满足。在泥土中爬滚成长的孩子，骨血中继承了土地的品性，温厚、淳朴、坚韧。

倘若有一天他离开村庄，是否如我当年，带着些许叛逆与逃离。在一个个城市中游走，某个午夜梦回时分，恍然惊醒——身处喧哗的闹市，自己始终是个异乡人。

愁是心上秋，秋是收获的时节。想必古人写下“愁”时，心中默念的是故乡的秋天，还有在秋风中沉思的庄稼。

我年幼离开家乡，本以为对故土的思念，像滴入水中的墨，洇染开来，渐渐转淡。却原来啊，乡愁，与生俱来，是一枚印刻在身上的鲜明胎记，是一生抹不去的温暖记忆。

稻天朗朗

石红许

蓝天白云下，微风频频私访荷桥村李树源，掀起绵绵稻香。沿着雷公泉溪流，走进万年贡谷原产地，我没有听到传说中的雷声，却闻到了远古飘来的稻香米香，一株株水稻携带着野性的长长的芒，把对大地的深情结成饱满的稻穗，排列着整齐的队伍等待丰收的检阅，敬畏之情陡生。

小心翼翼顺着稻芒生长的方向用手轻握，我应该是握住了稻原始的印记，握住了守护生命线的锋芒，当地人告诉我，这种水稻，连在山林间横冲直撞的野猪都不敢冒犯，顶多只是拱一拱田间的泥鳅、小鱼小虾打牙祭，然后懊恼逃离。

时序秋分，谷子泛黄，丰年在望。山那边传来阵阵欢乐的擂鼓声、嘹亮的歌声，此时此刻，我倒需要几分清静，好好模仿稻穗的姿势与稻子交谈一些灿烂的“烂谷子”往事。

其貌不扬的仙人洞，因为重大发现身价陡增，然而，它周边山头却因乱采滥伐而不堪入目，裸露的山体岩石逼仄着仙人洞，令人揪心。仙人洞遗址，为人类贡献了两样惊世的文化珍宝，一个是陶，另一个是稻，陶有两万年，稻有一万年。如今在考古界，说起仙人洞，那是如雷贯耳，并已进入人教版中学教科书，无愧于人类文明的摇篮。

这是神农氏“率土之滨”的地方，出土于仙人洞遗址的“天下第一陶”，想必盛放过野生稻驯化成功后长出的第一罐稻米，也想必见证过哪个部落的炊烟袅袅。走进国家博物馆，面对隔着两万年距离的陶罐，面对修复后还原的陶罐，我顶礼膜拜。

在环抱仙人洞的层层叠叠山岗间，在神农源深处，在高天流云上，神农氏以慈祥的目光关注、呵护着天下苍灵。挥手间，他播撒下一粒粒金黄色的稻种，盛开在希望的纵横阡陌上，盛开在告别饥饿的期待里。粒米之恩，普天下黎民欢呼雀跃，“饼炉饭甑无饥色，接到西风熟稻天”。面对今天的“坞源早”万年贡谷品种，面对一枝枝谦卑的稻穗，那呢喃的花粉里想必仍传扬着千年美名，“代代耕食，岁岁纳贡”。

稻与陶，相生相伴之物。究竟是先有稻，还是先有陶？当请铁面无私的碳14裁定。陶来源于土，经历了火的淬砺，愈加大器、坚硬、庄重、实用，人类开始尝到了直接使用土的甜头。我推测，因为有了钻木取火，火在一方土地上熊熊燃烧，终于燃烧出了土的另外一种形式——陶，为人类的生活打开了一扇斑斓的，以及充满着许多的可能的大门。

陶，远古器皿，可储藏稻子、水，储藏其他食品等，陶器能很好地密封食物，延长保质期，也就意味着有更多的剩余产品开始粉墨登场。陶的出现，是人类开始定居生活的标志之一。

稻、陶，读音接近，韵脚相同。原始人发明了陶，当然非常高兴，在一个个平凡的夜晚，围着篝火烧烤，击缶而歌，舞动快乐，并命名为“陶”，“陶”便多了一层乐陶陶的含义。我们的先祖，经历了数万年茹毛饮血的时代，终于有米饭吃，有了装东西的器皿，能不兴高采烈吗？！《诗经》里就有“君子陶陶”这样轻快、愉悦的句子，我的眼前便浮现出一幅一个男子抱着盛装稻谷的陶罐，与亲爱的人载歌载舞的画面。

在仙人洞、在吊桶环，仰望山岭，脚踏泥土，叩响万年岁月传来的訇音，一个个深埋地底的密码被破译，当地文物馆老馆长不紧不慢娓娓道来，却掩饰不住满脸自豪，仙人洞改写了中国乃至世界稻栽培历史的记录，人类栽培稻已经有一万年，仙人洞、吊桶环遗址被列入中国二十世纪一百项考古大发现。老馆长安排助手摊开一张张有点发黄的图纸指点解说，那上面标注着各种似曾相识的符号和纵横交错的线条，看得我直后悔读书时没去攻读考古学，听得我热血沸腾，听得我自信飞扬，似乎觉得踏上的土地是不一样的土地，轻轻踩一脚就是对话万年时光，不知那一层层土壤垒叠了多少悬念，令人神往，令人探觅。

然而，万年建县的历史并不长，五百多年前，因一场波及赣浙皖三省边界饶、信、徽、衢四府的农民起义而起，首领是一名库吏即“粮长”（俗称）王浩八，从饶州府（鄱阳）逃到万年姚源，率领当地交不起税粮的民众揭竿而起，劫富济贫。“无粮不稳”，古代农民起义大都是因为没有饭吃，要求免收田赋。起义平定后，朝廷为了确保鄱阳、余干、乐平、贵溪四县边界长治久安，“抚安人民”，遂于正德七年（1512）正式设立万年县，县治库田畈（青云），因境内有万年峰而得名。可以这样说，万年立县，与稻米有着密切关联，也恰好符合万年是稻作文化发祥地的“显赫身份”。“民以食为天”，只是，因了这样的直接原因而建县，让人觉得有些无奈和辛酸。

我常常思考，从旧石器时代以来，古人究竟用了多少万年，才完成了艰难的野生稻驯化，简直不可思议，简直无法想象。那时，生产力如此低下，生存环境如此恶劣，一代一代的原始人筚路蓝缕、披荆斩棘，在田间、在屋檐下年复一年选种、配种；配种、选种……不折不挠，接续奋斗。沧海桑田，仙人身影高远，仙人洞仍在，伫立仙人洞前，我的思绪穿越万年，眼前幻化出原始人类劳作的场景，峰峦叠翠，溪流环绕，狩猎、耕作、驯养、结绳记事，演绎出一个个生动的原始人家。

走在这片土地上，望着仙人洞门前田野上的稻子，我顿觉汗颜，这些年来，几乎忽视了水稻的存在，哪怕一日三餐端起碗来吃饭，也是没心没肺的，将“一粥一饭当思来之不易”抛之脑后。我决定要和水稻重新建立友谊，选择在每年夏秋季节回一趟农村老家，就在鄱阳湖平原的一隅，去观看那稻浪滚滚接天际的情景，还有布谷鸟、白鹭，蜻蜓、蝴蝶、蜜蜂，以及一些不知名的昆虫翩翩飞舞，一定会抑制不住一种久违的冲动，去重拾一些几近忘却的童年趣事，扎稻草人、玩捉迷藏、搓禾秆绳、编织稻草鞋子，或睡在厚实柔软的禾秆堆上数星星，去感受“归来饱饭黄昏后，不脱蓑衣卧月明”之意境。当然，也可选择到城市近郊的田间走一走，和水稻促膝谈心，谈谈甜蜜的杨花，在禾苗拔节声中放飞心情，在“听取蛙声一片”里闭目养神，倘若发现稻田里的“伪装者”——稗草，绝不姑息，毅然薅除。

我还想和水稻谈谈那个“以粮为纲”的年代，像我等二十世纪六十年代出生的人，年少时，一碗白米饭就可以盛满一天的快乐和光彩，一碗白米饭就可以吃出满满的幸福感来。再奢侈一点就是米做的各种风味小吃、零食，列举出来足足有一大串，米粑、米粉、米皮、米糖、爆米花、爆米糖、米糕、糕粑、糍粑、麻糍粿、寸金糖、米粉糊、米粉蒸肉等，有很多只有在过年过节时才能吃上。不比现在，想吃就动手做或去买现成的，一粒米香充盈着平常日子的安然静好。对稻子，我充满敬意；对米饭，我百吃不厌。每每到北方出差，吃得再好再丰盛，倘若哪餐没吃米饭，总感觉心里空落落的，这许是稻米已然深入血脉的缘故，这就是一个鱼米之乡人死不悔改的米饭情结。

我还要不厌其烦地告诉我那些久居城市的亲人，由稻到谷再到大米的复杂琐碎过程：播种、栽田（或抛秧）、施肥、耘草、除虫、割稻子、打禾斛（脱粒）、晒谷、碾米、筛米、贮藏……粒粒滚动着辛苦的声响，那是告诫我们要铭记心间；而在时间的跨度上，当不只是以稻的生长期三个月或半年为参照，可以漫长到超越万年，去捕捉远古的呼唤。我愿意沿着稻的经脉，去追溯未知而欲知的林林总总的稻事农事。说起水稻，真不是几句话能够说清楚的。凭我这么一个地地道道生长在长江流域的人，从小在稻香里摸爬滚打，也只会简单把稻分为籼稻、糯稻，还有多年后才听说的粳稻；按栽种季节可分为早稻和晚稻。我还知晓，水稻是世界上三大粮食作物之一，有近半人口以大米果腹。水稻，一个以解决温饱为己任的美丽天使，一个沿着嘴舌、食道、胃深入血液、骨髓的可爱精灵，是人类赖以生存的命脉。关于水稻，用一万句话来礼赞都不为过。

在万年，在发现稻谷化石的仙人洞，会觉得离稻更近，聆听稻的喁喁私语，味蕾已是蠢蠢欲动。

生生之水

叶浅韵

四平村前面这条美人河通常只流三个季节，到了冬季，河水就干了。一整个冬天，人畜吃水问题就成了村子里的头等大事。这个山高坡陡谷深的地方，与村子的名字完全是别扭的。村子里有识了几个字的人拿四平村的名字作为笑谈的时候，就会有人说，难不成米田村的人就天天有米吃呀。事实上，米田村是不产稻米的，而叫干沟的那个村子恰好水源充足。干沟村后面的黑青崖上常年挂着一条长瀑布，雨季是大瀑布，冬天是小瀑布。沟沟坎坎的地方，溪水四溢，田园丰沛。干沟村的人不懂治水，倒是嫌弃这到处漫出的水脏了脚后跟。每年冬天，他们看着四平村的老老小小像赶街子一样，挑着桶背着壶来取水时，就笑成一团，与老亲老戚们开玩笑说，这有个姑娘也别嫁到你们四平村去，为挑个水，肩膀皮都要磨掉几十层。

然而，这方圆团转的村子里，从高粱秆到矮坡脚的青瓦檐下，都是些打得骂不得的亲戚。张家的哥哥娶了李家的表姐的堂妹，丁家的大姨爹是嫁到胡家的三姑奶奶的大姑子的亲侄子。只要辈分上不乱了，这横竖的亲戚总是攀搭得起来的。自然也会有辈分乱了的时候，曾有一家几姐妹都嫁到了同一村子里的几辈人，后世子孙们互相叫起来时的尴尬，着实令人费了些羞煞心。可这上村下铺的人跟风一样豁达，风吹到山林有了松涛，吹到河里见到清凉。他们会说，管他呢，论配不论辈，只要自己人过日子安心，哪管人家怎么说去。以父系为体统的村子，大凡总是讲些秩序的，那些在秩序之外的，他们也总有法子装进秩序的口袋里。就像村子里的篾匠们对待竹子的态度，粗壮的做了烟筒，苗直的当了晒衣竿，结实的用来打核桃板栗，至于划开的篾片是用来做箩手还是镶箩边，全都凭着经验随性走。有时，也会遇到实在是太难称呼的人情，上下左右攀搭起亲戚时，同一个人会论出几个辈分来，就着吃酒做客的席上，人人想争当长辈，想坐上席。总会有人丢落下一句：各山雀各山叫，各依各教。吵闹不休时，就以年长为尊，拖着个长长的老烟袋坐到了上席，端起酒碗，主持酒事。事实上，谁都占不了谁的便宜，又谁都摆脱不了被人占了便宜，有姐姐妹妹的人免不得要做别人的大舅子小舅子，有兄弟哥哥的自然要被人称呼为姐夫和姑父。

每逢属龙属狗的天，就是赶街市的日子。几十里路上的人们，为通生活的有无，用脚丈量每一个街子天。他们在路上互相论亲、认亲，大多是些有姻亲关系的姓氏，除了问一声老姑奶奶们身体的安生，就是些奇逸的话头子，说哪家的姑娘嫁到哪村不守规矩，说哪家的儿子三十好几了婚姻还不动。生老病死的事，都在嘴里嚼碎了，把一年一岁的光阴吃进肚子里。又一个冬天来了，别的村子的女人们有空闲使针线，嗑瓜子，嚼舌根。四平村的女人们却要花大力气来解决吃水的问题，起初的小媳妇们嫁过来时，挑水挑得辛苦吃力，免不得有几声抱怨。她们放下水桶在哪棵树下歇气时，呜哈呜哈打开话头子，说四平村吃水真费力气，当初媒人上门时，我妈不让来的，我爹偏生说，人家祖祖辈辈都过得，就是你过不得呀。她摸着肩膀轻叫了声，唉呀呀，这两块骨头都不是我的了。这一回生，二回就熟了。再往下，也就不成为什么新鲜事了。

尽管我出生在四平村，用我奶奶的话来说，就该是坐老的山坡不嫌陡峭。我知道，那是一种对家乡最亲密的情感，带着自然的、拟人的、亲昵的、最眷恋的表达，与泥土和大山一样令人亲切。我离开四平村许多年了，每每回忆起村子里的一草一木，一山一洼，都令我身心欢愉。四平村就像是我身体的一部分，是生尽的骨头，长尽的皮肉。但因为心中镌刻的记忆深处，有一幕关于取水的亲身经历，让我对“陡峭”一词持有自己的看法。许多时候，在别人歌颂故乡的月圆人好时，我并不愿意站在主观的立场上去承认，承认生我养我的四平村真是个山美水美人美的人间仙境。同时亦深深明白，在记忆选择的利己和排他性里，熟悉的景致让人带着先入为主的偏见，但并非是有自己的影子生存过的地方对于外人会有多少特别的意义。回忆只是一把失去锋利的钝剪刀，剪开一些生动活色的旧时光，把那些能影响我成长的镜头，慢慢地回放，拉长。

那一年，我才十岁，也许是十一岁。天降大旱，地上和地下的水都纷纷躲了起来，天上的太阳热辣辣地照在四平村人的头顶上，就连土地里长出的萝卜缨子都要冒烟了似的。整个大地像是一个高龄老人干枯的皮肤，处处都长满了褶皱。乡间的小道上，每走一步，都有黄灰在风里追赶着。家里的水缸见底了，因为我妈与我奶奶夸奖我的一句话，我就像捡着一颗水果糖一样，自告奋勇地说要去挑水。我挑着一对桶，准确地说是一对小桶，哼哼哈哈就去干沟村取水了。远远地看见挂在干沟村子后头的那条瀑布，已经没了恢宏的气势，太像奶奶的裹脚带子被人挂在黑青崖上，白生生细长长的。我才到村子前头的那棵大槐树下，就被一只大黑狗咆哮得全身汗毛都站了起来，大腿小腿上的肉迅速进入紧急状态。我一次次地弯腰下去装作捡石头的样子，大黑狗才一步步逼退了，站在离我十几米远的地方，叫个不停。等我舀满了水，一抬头就看见我们班最捣蛋的男生拿橡皮枪正对准我，他身后还有几个淌着鼻涕哈子的男孩子，向我使坏地似笑非笑着，其中有一个男孩子还不害羞地撒起了尿。如果一对一，我非撕了这坏骨头的皮不可，可如今在人家的村子里，被狗吓破的胆子都还在蜷缩着。我的心扑通通地乱跳着，恼着，羞着，怒着，却不知该如何是好。我迅速地拿起扁担向他们扬起来，并大声地说："李大毛，你要是敢作死，等我告给老师去。"李大毛没管我的话，"啪"的一声，一颗石子打中了我左边的小桶。还现编了个顺口溜：大彩放小猪，眼睛哭得水噜噜，大彩挑小桶，心急得黑洞洞。李大毛先喊，小崽子们跟着一遍又一遍地喊，我的眼泪水顿时挣脱了黑眼眶，在风里乱飞了起来。他们几个大笑着跑开了，我懊恼又伤心地挑着水离开了干沟村。

一路上，我寻思着到了班级里该怎么收拾李大毛这个杂毛种。走一气，歇一气，越想越恨。水在桶里十分不安分，逛过来，荡过去，不断地往外泼洒。我感觉我的眉头上都要着火了，使劲地把扁担往地上一摔，跟路旁的一块石头生起了闷气。这人一倒霉起来，连水也要跟我打架似的。热风一阵一阵地吹过我的脸，真是要把我点着了。忽然想起我妈交代我的话：如果桶里的水太摇晃，就在路边扯一枝带叶子的树枝丫放在桶里。四平村的人说，这叫打逛。果然也奏了些效，水在我的桶里安稳了许多。路上遇见了好几个外婆家村子里的人，我要叫舅舅的，姨娘的，外公的，他们都夸我懂事，小小年纪就知道帮家里干活，还顺便夸了我妈有福气。这一夸，我都忘记了刚才在干沟村遇见的不愉快，也忘记了被一块石头反弹回来的疼。不知歇了多少回气，好不容易才把两公里的路程走完了。回到家里，桶里的水也就只剩下一半多点了。我一丢下扁担，忙不得与奶奶哭诉李大毛欺负我的事，就赶紧舀起大半瓢冷水，咕咚咕咚地往肚子里倒下去。我坐下来，像一块抹脏了的破布，胡乱地堆在火塘前的小床上。

好在，这种事情是极少发生的。即使大旱了，村子后面的石洞里也还藏着法宝。唯有那一年，石洞里都空了，就连三台洞、仙人洞里的水也近乎干涸了。村子里的老人们说，美人河两边的青山肚子里长出的石洞，它们都是连着通着的。四平村的人在发现村子后面这个石洞的秘密以前，每年的秋末冬初，待河水一断流，他们每天都要不断地挑水，像是寺庙里的小和尚们每天必修的功课一样。挑不了水的年少小和尚们就抬水，不断地抬水。即使是最小的小和尚，在学会走路，能大跑大撒之后，就用个小塑料壶跟着哥哥姐姐们去背水了。这个村子里的男娃女娃都是这么长大的，他们腰圆腿粗，肩宽心厚。

美人河两岸的青山隐隐，山顶上长着高大的青松，山腰上长着一些不知名的矮灌木丛，岩壁上隐约可见许多石洞，每一个石洞都有自己的秘密。它等待着有缘人的探访，一不小心在某天念了一声“芝麻开门”，就发现自己想要的财宝。四平村后面这个石洞里的秘密，就是在某一天被一个人发现的。自从它被打开以后，它就像一条永远流淌的母亲河一样，养育着四平村的人。有了水源的四平村的女人们着实兴奋了很久，她们把省下的力气消耗在土地上，你带着我，我跟着她，搞起了蔬菜种植。那些需要大量活水来养植的蔬菜，在她们从石洞里不断往返的力气中茁壮生长，长成最大面额的钱票子。每年在街市上出售的最新鲜的蔬菜，都是四平村的女人们第一拨上市的，卖得好价钱的女人们，一个赛着一个种得花样百出。她们互相交换种子，西兰花、空心菜等都长在了各家的地里，她们也互相传授种植的经验，是羊粪好还是猪粪好，是种黄瓜卖钱多还是栽茄子产量高。非要你家的比我家的高出半拇指，我家的比你家的多结出半箩筐，她们才肯甘心。到了冬天，她们为了地里的蔬菜长得更好，下市更早，半夜就要起来去石洞里挑水。勤劳在整个村子蔓延，即使是嫁过来时有些懒惰的小媳妇，被村子里的女人们一约一伙，不出半年，就开始脚下生风了。

大白天有空闲时，四平村的女人们会在柿子树下使针线，说些古老的故事。关于这个石洞的往事，最能让村子里的孩子们充满兴趣。没有“在很久很久以前”的前缀，她们会相互比着该叫的辈分说，这事，还得你大公公狠（比喻厉害的人）了。我们的思绪就跟着回到了古老的年代里。那个我要称呼为大公公的人，他是当时的村长，二十来岁的光景，先前跟着私塾读了两年书，初娶了媳妇，雄姿勃发，意气充盈。他的先生曾做过山西某县的县令，因不满官场的黑暗腐朽，辞官回乡耕读，在三台洞里办起了私塾。洞洞相连的山肚子里，别有宽敞的新天地，就像一个天然的大房子，有完整的三层石洞。石洞外面，修建了亭台飞檐，镂空窗棂，琉璃青瓦。一个秉承中国古建筑美学向度的建筑群依山势而建，浑然天成，妙趣飞悬。三台洞的下面是清澈的水流，四季淙淙，日夜幽静，天与云倒映水中，鱼与水草相映生情。在读到柳宗元的《小石潭记》时，我竟产生了一种错觉，仿佛柳先生正坐在这个清水汇聚的小石潭面前凝眸深思，疾笔而书。

这股从三台洞下流出的清水，被人们称作小石河。它围绕着村子蜿蜒徘徊，像一个不肯出嫁的姑娘，眼泪流成弯弯的溪水，流进村妇、顽童、老人们的心里，长成他们生活的一部分。在古老的年代里，这方圆团转的姑娘们在出嫁前，是要哭嫁的，以示对衣胞之地和父母乡亲们的不舍之情。三台洞侧面的那个小村子被命名为小石河村，常年清澈的河水让她们的生活过得相对安逸，除了做豆腐熬白糖的女人们起得早之外，她们很少有人知道种菜园的辛苦。这让四平村的女人们很困惑，就像小石河村的女人们也很困惑，为何她们还在睡梦中，四平村的女人们已经把蔬菜背到了街市上。自然条件的迥异，让人的生活现状产生极大的差异。水，是生命之源，是生活之源。你看，就连水源丰沛的村子里长出的姑娘们，都是一个赛一个的水灵灵。从干沟村到小石河村。

关于那个私塾老先生的传说里，最奇闻的一件，是他曾与洞中的仙人对弈半盏茶的工夫，出来人间已是三天三夜。先生所出入的洞被称作仙人洞，与三台洞之间隔着一条河。一面红褐色的岩壁上，有一个老仙人的样子，没有一丝人工雕刻的痕迹，就连老仙人下巴上那袭长胡子，也是一株植物最天然的造型。岩壁下面是一潭深不见底的碧水，就着这源源不断的水流，建起了一座水磨房，惠及数里路上的村子，满山满坝的麦子、谷子都归了这磨眼里。关于仙人洞的传说有许多版本，不外是人与仙曾有过多么深切的交往，但凡人间办不到的事情，仙家都有解决的办法。后来，因为人间的背信弃义，仙家便不再理睬人间的破事了。老先生在仙人洞中的奇遇被赫然地写进县志里，后来的人都相信那是真实发生的事情，他的后人们更是以此为荣，就连我也是深信不疑的。而他的弟子，像是得到了先生的衣钵真传，竟然在四平村后面的石洞里发现了另一个大秘密。

那时，老先生已经作古好几年了，在乡间的传言里，他应该是得道升仙，进入往生极乐的世界里了。他的弟子某天去山上放羊时，大概是受到了师父的什么启示。在一个他平时赶着羊群经常行走的地方，被石头绊了一跤，一骨碌爬起来时，就发现了新鲜事。一个有一只炒菜锅底大小的洞口，向他暗示着什么。有种特别的好奇心驱使着他已经熄灭的顽皮，他顺手捡了块石头，朝洞口丢了下去，侧着耳朵一听，像是下面传来有水的声音。他激动起来，忘记了摔伤的地方正在疼着。接连把洞口周围能动的石头都丢了下去，空幽幽的回声里，他一次次地闻到了水的味道。如果有水，这不是要改变这个村子冬天吃水困难的局面吗?

这消息让村子里的人兴奋无比，他们搬来大大小小的石头，想亲耳听到石头溅落水花的声音。在验证了确实有水后，四平村的人就打起了各种主意，也提出了各种疑问。耳听是水，那么眼见会是水吗?水有多深，水流有多大?村长自告奋勇地说要亲自下去探个究竟。在奉献和开拓的精神面前，年轻和勇敢就像两把金光闪闪的钥匙。但要下到一个未知的石洞里，没有人有十足的把握，在村子里那些稀奇古怪的故事中，那些居住在黑暗里的扰乱人身心的看不见的东西，它们也许就居住在这个石洞里，它们曾经谋害过四平村的牲口和人的性命。论证来，论证去，在所有的方法中，最有效的是需要一根足够粗长的绳子。四平村的人都知道，后山上有种叫羊草的长草搓出的绳子最牢实。好多天了，全村子的人都在忙着搓一根绳子的事。终于，他们有了一根最结实的绳子，它一头牢牢地捆住村长的腰，另一头是村长的年轻力壮的兄弟族人们。村长用手扒着洞口，慢慢进入了未知的黑洞里，上面的人一点点地松绳子，缓慢悠悠地放下他。先前就约定好了，若是村长在下去的途中，遇见危险就大呼大喊。

洞里漆黑麻麻，除了洞口那一束光浅浅地照进来，照进黑暗里的光，像是被黑暗迅速吞噬了一样，再往下一些，就全然不见五指了。村长感觉这是到了另一个世界，凉飕飕的空气一点一点地包裹着他的身体，恐惧也在一点一点地扩张着他的胆子。被黑暗扩大了的空洞，连窒息都听得见声音。进入身体的一些小害怕， 被他哧溜地赶走，又吭哧地回来了。洞口的人在叫他，他答应了几声，声音穿过洞壁，给了他一个个被延长了的回音。阴森森，拔凉凉的回音，渗进五脏六腑里。

村长硬着头皮向上说“放，放，放……”，像是没有一个可以着陆的地方，火把已经快要萎了，腰上还有两把备用的。火光所能到达的地方是有限的，而他却不知道离水源还有多少距离。他掏出口袋里的一块小石头，“啪”的一声，没有水的声音，他感觉到另一种恐惧。他又燃起了另一个火把，绳子晃悠悠地把他摆弄到石洞壁上，火光照见一些潮湿，照见不见天日的岩洞壁，照见急忙躲闪的小生物，照见姿态各异的钟乳石。往下，再往下，还是照不见水源。绳子短了，无法着底。他对着洞口大叫了声：“拉我上来。”洞外的人以为他遇到了什么危险，个个使出蛮力，几下就把他拉到了洞口。

再一次加长绳子，又把村长放下的时候，同时也放下了另一个兄弟，有了同伴，就生出了两颗勇敢的心，也许还有些冒险者的豪壮在胸中。当一泓清澈的水在火光的照耀下粼粼漾漾时，年轻的村长和他的兄弟醉了，他们像是人类历史上所有发现能造福人类的某种惊异发现或是发明人一样，按捺不住心中的激动，他们忘记了恐惧，只有发疯的狂呼。洞口的人以为遇见鬼魂了，迅速把他们拉上去。又一次次地放下胆大的人，个个都像吃菌子中了毒一样，失去了平日里的形状。据说，那晚，整个村子的人比过年还开心，他们喝着一年才能喝上的酒，吃着一年才能吃上的肉，喊拳喊得昏天黑地，不停地谈论要如何才能打开那个石洞的大门。他们甚至还说，这个石洞的顶部还有一个大石洞，老祖人曾留下一个谜一样的顺口溜：铜鼓配铁鼓，配得银子万万五，若是有人识得破，够买云南四川府。那个夜晚，四平村的人都不是普通的村民，他们是科学家，是冒险家。

任何坚固的大门，都不是神奇的力量所能抵达的，除了火药。他们开发一个石洞时，像一群有经验的匠人，从哪里放炸药，从哪里留通道，从哪里砌石阶。一些人守在土地上，一些人关进石洞里，不知经过了多少汗水和心血，多少白天和黑夜，四平村的人终于可以挑着桶去洞里取水了。他们结束了在冬天要去干沟村挑水的日子，就像找到了自己生命的源头。除此，他们还在一本发黄的家谱上，知道这个姓氏的人来自福建的建宁府，堂号为“钜鹿堂”，祖上曾经辉煌显著过。

从洞口到达洞底的水边，足足有一百八十级台阶，拐过一个弯，再拐过一个弯，又一个弯，还有最后一个弯，就到水边了。一个个火把照亮了漆黑难走的曲折小路，把生活的源头伸进石洞里。夏天时河里涨水，洞里的水曾经漫至洞口，得见天日的水啊，碧绿碧绿的，让人口渴。去河里挑水的女人们都不去河边了，她们说，那水太浑了，连衣服都洗不干净，怎么吃嘛，又说，上面才冲走一个死猪，都恶臭死了呀。她们蹲在洞口，一瓢一瓢地舀起她们的日子。在有得选择的生活面前，人们就有了挑剔的余地。她们在说完这些时，总会附带上一句：唉哟，也是贱皮子。听不出她们的语气中有任何轻蔑和贬损自己的意思，就像陈述一种不争的事实。

四平村的女人们若是带着不乖的娃娃，她们就不得不背着孩子又挑着桶下洞取水，她们舒长气的声音，一进洞口就能听见，悠悠长长的乏累被她们一口一口地吐在洞里，吐在幽暗的时光深处。干旱的冬天里，一级一级的石阶要下到最底部，被千百次踩过的石阶，石头都磨得光滑了，就连凹凸不平的那块大石头上，也越发地平展起来。

一对桶歇下来，都不会倾斜洒出一滴水了。大人们能稳稳当当地挑出一挑水来，而孩子们就有些困难了，常常一路洒洒泼泼，气喘吁吁，石阶上便常常是泥泥泞泞的印迹。曾有人说，这水里是有鱼的，白生生的鱼儿，才挑出洞口，一看见太阳，鱼就翻了肚皮。我和小伙伴们每次下到水边，就屏住呼吸想看看那白鱼儿的仙模样，只可惜一次也没见到过。

我六岁多点的时候，第一次跟我妈进洞取水，她挑着一对桶，我背着一个塑料壶。我抖抖索索地跟着她进洞，在她左一句右一句"慢点，慢点"的提示声中，高一步低一步地下到了水边。我妈熟练地打水，她先把她的一对桶打满，再装满我的小壶，水从塑料壶口吐着泡泡缓缓地流进壶里。黑乎乎的洞里，只有一束光，照见我们的鞋子和一步一步的石阶。我妈的手电筒光指向何处，我就走往何处。那时，街市上已经有手电筒这东西了，但许多人家为了省点钱还是有用火把的习惯。我歇息了几次，好不容易才走到洞口。许多事情的第一次，是为将来的许多次重复做一种开启的仪式。出于对黑暗的恐惧，我每次去挑水都要约上小伙伴们。慢慢地，我们从背水到了挑水，也如我妈那样，可以让一根扁担上的两只桶在两个肩头上熟练地换动左肩和右肩了。这种年年往复的动作，锻炼了我们肩部的强壮肌肉。纤腰削肩的古典审美在四平村里是站不稳脚跟的，为着这要吃水的生计，四平村的姑娘们大多腰圆臂粗，肩壮脚实。庄稼地上的人们，讲究的是牢实和耐用。我妈说，你看养个猪啊牛啊的，都要肥壮才好，就连上山捡个菌子，也希望能捡着一朵就撕得一大碗的，谁会喜欢瘦凄凄的果实呢。后来，我在汉语字典上看到“美”的会意解释后恍然大悟，说羊要以大才为美。

这个造福了后人的石洞没有一个特别的名字，它被直呼为“大洞”，简单、粗暴、实用。我相信那个当村长的大公公也不会在意它叫什么，更或许他从来没有想过这个。一个独一无二的石洞，石洞里有水，被叫作什么，四平村的人都是知道它的指向。许多年来，四平村的人以从石洞里挑水这样的实用主义来纪念村长，纪念他给这个村子带来的福音。当一件事物的指向是明晰的，它的意义就不会停留在一个浅显细微的称呼里，只有当它的指向模糊了，才有可能需要重新辨别。如果真有一天需要给这个石洞命名，我们应该以大公公的名字来纪念他。

即使我被这石洞里的水养育长大，我对它充满感激，我也一直不敢太走近它，尤其不敢一个人走近它。多少次，我鼓起勇气，挑着一对桶，跃跃欲试地想要完成一次对自己的挑战。但每一次我都失败了，我走完有洞口光亮的那几步台阶，一进入黑暗区，就仿佛觉得岩壁上长出许多双神灵鬼怪的眼睛，它们直盯盯地看着我，让我毛发直立。我每走动一步，都觉得我身后有一个影子，不紧不慢地跟着我，我一回头，它就躲进那些石头缝里。每一次都是惊慌失措地跑了出来，坐在石洞边上等伴，好在，我总是能很快地等到同伴。我的这种感觉，普遍地存在我的小伙伴们身上，我们在一起叽叽喳喳地说，但说完，我们还是要结着伴大着胆子去取水。其实，这个石洞里从来没有发生过什么奇异的事情，就连那些在平路或是山上失足扭伤的事情也从未发生过。

但有一天，我还是遇见了一件奇异的事。以往进洞取水，只要有伴，无论在前还是在后，都不用再害怕什么。但那一次，我像是有什么预感一样，到了洞口，我死活不肯走在最前面。我不走，小伙伴也互相推辞起来，都不愿意走在最前面。这时，我大妈带着四姐姐也来挑水了。她给四姐姐打气说，没事，你走在最前面，哪里会有什么鬼嘛。一伙人浩浩荡荡地进洞了，我的心开始突突乱跳起来。只听见“啪”的一声，一条大麻蛇掉到了四姐姐脚边，四姐姐魂飞地尖叫着，一伙人迅速地逃了出来。小伙伴们个个胆战心惊，浑身发抖，就连我大妈也脸色惨白，她装作镇定的样子哄着她受惊吓的女儿。四姐姐说，我不上前，你非让我上前，万一掉在我脖子上，我不是要被大麻蛇咬死了么。她一说完，就哇哇大哭起来。我大妈像是要急于给她受到惊吓的女儿一种恰当的安慰似的，转身就把气撒在我头上，她说，你这个小鬼娃娃，让你上前，你非不上前。她才说完，我就哇啦哇啦地哭得停不下来，声音比我四姐姐的高出很多，哭到我妈来了，我的声音更大了。她们哄乖了两个张着大嘴哭泣的小姑娘，就开始把刚才的害怕当成了故事。小伙伴们你一嘴我一舌地说着这条蛇，有人说它是一条长脚的蛇，有人说是一条白花蛇，有人说明明是黑花蛇。但谁也没有勇气再下去看一眼。

石洞里发现了大麻蛇，这是村子里的一件大事，如果不把它捉住，以后孩子们就不敢再去洞里取水了。胆大的大炮叔拿着一些工具进洞了，顿时石洞里飘出了火烟和辣椒的味道。过了好一会儿工夫，他终于捉到了那条大麻蛇。足足有碗口那么粗壮，没有脚，不是黑花也不是白花，它是一条大青蛇。大炮叔说，这条蛇从洞顶那么高的地方跌落下来，像是受了些伤，他下去的时候，它正努力爬向石壁脚边的一个洞里。大炮叔使劲揪住尾巴也无法把它弄出来，直到用火草和辣椒熏，才把它捉到手。那条蛇的去向，我忘记了。到了大炮叔手里的东西，他总有办法让它们有一个妥当的去处。或是卖钱，或是吃了，或是放生，得看他的心情。

有了这一次难忘的经历，我对那个石洞总是怀着一种深深的恐惧。但我不太敢把这种恐惧放大，我害怕一放大这种恐惧，我就不敢再去洞里取水，那样，我妈手里的棍子条子就会给我带来更大的恐惧和疼痛。我只想着有一天，我要逃离这种恐惧，逃离到一个不用在黑暗里取水的地方，不会遇到眼睛看不见的一切未知。到了今天，我实现了心中那个隐秘的梦想。我住在高楼上，一扭开水龙头，清悠悠的水就流在我的手心里，我可以在洗碗的时候，听一段流水的声音；还可以嫌弃自来水的来源不够纯洁，一个电话打过去，一桶一桶的纯净水就送到了茶杯前，它过滤了那些有杂质的生活，让日子变得更加舒适、美好。

对于生养我长大的衣胞之地，我总是时时怀有深刻的想念。在并不算遥远的山路上，我与她在节假日里亲密地互相问候。好与不好，都长在心里、眼里。为她自豪，亦为她哀伤。在我一直的视线里，四平村的人们因为勤劳，许多人家与贫困一直就没有沾多少边，若不是病了灾了，家家火炉里的火都是烧得旺旺的。现如今的各种政策像风一样吹进村子里，路面硬化了，自来水引来了。在一场火灾之后，我正担心父老乡亲们的日子时，他们在短时期内就盖起了城里人住的楼房，气派有力，欣欣向荣。我再一次幸福地对艰苦的岁月充满深深的感恩，它把勤劳种植进四平村人的每一根神经。

好几年前，风吹来一场大火，烧毁了四平村那个大四合院。有前院后花园的院落是这方圆团转里独一无二的院子，那里有我童年的许多记忆，它不仅是四平村人勤劳致富的证据，更是一种精神财富的象征。失去，就像被更新的生活，看上去没有比从前变得更不能忍受。现在，四平村的自来水已经进了家家户户的院子里，人们再也不用去石洞里取水了。没有了人的走动，石洞已经坍塌、破败了，就像是这村子里的一门旧亲戚，随着亲人们的离世，一些关系渐成陌路。我每次回到村子里，都喜欢站在洞口眺望一会儿，在有朋友同行时，我会不厌其烦地讲述有关它的一切。它对于我是重要的，对于别人，也许只是一种小新奇罢了。生活中的事物被磨砺之后，都会成为一种旧物，成为某段历史的见证。如今，三台洞已经被市里定为文物保护单位，修葺一新的建筑群悬挂在岩壁上，成为一方旅游胜地，洞下的水已经不能够完成它从村子里经过的行程，就像一个步履蹒跚的老人，只能在家门口晒晒太阳了。而对面的仙人洞下，那一池碧绿的清水已乘鹤而去，只留下白云空悠的闲情。唯有洞前石壁上那个酷似老仙人的石像，无论从哪一个方向看去，他都在向着人间慈爱温暖地笑着。

菌子王

朱华胜

一

简陋的通间住房，逼窄、潮湿。一个大沙发靠墙角放着，胡金润直着单薄的身子坐在上面。我和朋友坐在她对面的木凳子上，静静听她讲述。外面下着细雨，她脸上挂着泪珠。她抹了抹眼角，继续往下说。

二

胡金润，胡金润，仿佛有人在喊我的名字，我急忙抬起头，没有人啊。乌灰灰潮兮兮的矿区从没有这样红过，连拔白菜的手仿佛也抹了一层红，像上次起荨麻疹一样红。我知道是山顶上那些火烧云烧的。在兴云煤矿这么多年，还没见过如此的红，红得让我心慌。我忙低下头，拔了一棵白菜，扯了一把薄荷，揪了一把芫荽，急往家赶。

我冷得有些发抖。鬼天气，果真下雪不冷化雪冷。化雪时冬阳高照，却一点也享受不到阳光的温暖。

水磨石走道发出嗒嗒声，刚洗不久的衣物挂在晾衣铁丝上，还在水滴水淌。这人，给他说过，我会洗，可偏不听，总是抢着洗。他对我好得没法说，矿上的人都说你爱人对你真好。我实在忍不住，笑出声来，抬头往路口拐角处望去。每次他上班时总爱在那儿回头看我一眼，才急匆匆离开。

我对他说，井下做活路，太累，回家只管休息。家里的事有我。他嘴上嗯嗯，依然做这做那，不会停歇，说你带一对双胞胎儿子也苦。他最好小瓜、洋芋、长金豆合在一起煮，放点猪油、盐、芫荽和薄荷。每次都吃得稀里哗啦，锅碗见底。像往常一样，今天夜里也要煮上一锅，让他夜班回来美美吃一顿。取过盆，来到走道上，拧开水龙头，把小瓜、白菜放进去。趁现在有时间吧，赶紧洗。两个牙牙学语的娃儿醒来，家里就要闹地震，哪有时间。

我蹲下去。奇了怪了，从未见过这鬼天气。地上在化雪，天上在发红，晃动的云彩仿佛在举行涂红世界杯比赛，矿区像被一个大红缸扣住，连盆里的水都泛着红。我有些恍惚，木呆呆的，大脑一片空白。拐角处，他突然回来，火急火燎的，没有表情，毫无声息，有些飘。怪人，平时走路嘭嘭的，人未到声音先到，嘴巴老早咧开，那黑脸一张，白牙两排的模样，让我瞬间心疼。我站起身，迎上去。人呢？怎么不见了？愣了好半天，回来，蹲在盆边，褪下手表，瞥了一眼，快八点了。我拿起小瓜，接着用水洗。

他总说，以前他是一个幸福的丈夫，一对双胞胎儿子生下后，又是一个骄傲的父亲。他对我说，如果血型一样，我想给你输血。你生双胞胎儿子时失血过多，脸色寡白到现在，一直没有恢复。我猛地站起身，怒目，说，胡说些什么呀？他嘿嘿一笑，转身，去淘米。我却止不住流泪，怔怔望着他。他休息时，常领着我爬上矿区四周的大山转悠。他还告诉我如何捡菌子，土黄的叫什么菌，青汪汪带白点的叫什么菌，像洗衣物刷子的叫什么菌，像家里腌肉颜色的叫什么菌。有时，他在前面，我在后面。他一路大喊，胡金润，你这个憨婆娘，然后哈哈大笑。我心里注入蜜糖似的，嘴上却不停地责怪他：封不住你的嘴巴，你才是憨男人。四周的大山都被我们走了个遍，哪里有沟，哪里有坑，哪里有洞，我都清楚记住。他说，即使哪天我来不成，你也不会掉进洞里。

一阵噼里啪啦炮仗声盖过哗啦的水龙头淌水声。是谁家呀，这个时候放炮仗？

炮仗声刚落，娃儿的哭声就响起。我擦擦手，跑进家。一个娃娃系在背上，另一个抱在胸前，我又慌忙出来。

拐角处，哥小跑着过来，神色慌张。嫂子在后面跟着，脸色寡白。看他讲话结结巴巴，夹烟的手抖个不停，我更加慌乱，不敢问他怎么了。嫂子眼光躲闪，望别处，不出声。就这么站着，不说话。这一瞬间，世界静得可怕，我心都要跳出来了。我心一紧，血液往上涌，是不是他怎么了？我突然往外冲去。哥一把拽住我，憋了半天，说出一句，妹，你要坚强，还有我们。

我不是小娃娃，尽管哥哥说妹夫井下受伤，已送往医院，我是不会相信的。自小在矿上长大，我清楚放炮仗意味着什么。我把怀中的这个娃递给哥，将背上的那个解下，抱给嫂子。我没再说一句话，使出浑身力气，朝井口奔去。

三

胡金润说到这里，停了下来。我感觉得出来她的身体有些起伏，忙起身，给她杯子里加了些茶水，说，金润，休息一下。她口不干，杯子里的水就没动过。她抬起头，笑笑，说，过去这么些年，没事啦。你们坐一下，我去给你们拿些葵花子。说完，身子一晃，跑了出去。外面一直下着雨，沙沙沙响。

朋友说，她回忆这些，心是痛的，像长盖的伤疤被重新撕开。我点点头，没有说话。心里自是不平静。其实，我也不忍心问她这些往事，只是，金润对我说，我读过你的文字，懂了很多。我把这些事说给你听，是我放下了我自己。她说这话时，顺手拂了拂脸颊上的几丝头发。她的声音很轻，像和风吹，像水静流。

事实上，我认识胡金润时间不长。我以为胡金润是男的，见面才知是个女人。

家乡文联的一个朋友，与我一次聊天中，说起富源县有好些人喜爱文学，其中就有胡金润。我知道朋友带着一群文学爱好者，很活跃，常举行文学交流活动，还组稿，发在曲靖M网站的“富源文苑”板块。他说，胡金润写了一篇散文，回去发来你看看。没过几天，朋友来曲靖参加文学沙龙，指着身边一个女人告诉我，她就是胡金润，喜爱文学。顺便告诉你，胡金润捡菌子可出名啦，晓得哪里有菌子哪里没有。朋友知道我爱吃菌子，更喜欢到山上捡。我看着胡金润，说，那我一定请你当向导，一起捡菌子。胡金润话不多，脸上总带着笑容。后来，她发了一篇《傻大姐》给我。读完后我与她交流了几次，渐渐熟了起来。相继读了几篇后，了解到她不堪的过去，我曾数度落泪。不敢想象，这么一个瘦弱的女人，身上竟然背负着那么多心酸与苦难。

八月初的一个周四，朋友说，周末一起爬山捡菌子。说进我心坎里，没有多想，我和几个朋友驱车来到相约地点——富源后所镇兴云煤矿。来之前就与胡金润联系，要她领我们进山。我说，谁叫你捡菌子那么厉害呢？其实，我还有一件更重要的事没说，想与她当面谈谈她的过去。

没有料到，到了兴云煤矿，乌云翻腾，下起雨来，还下了一天。同行的朋友们觉得很遗憾。我却不一样，正好与胡金润聊聊。

胡金润端着一盘黑黑的葵花子，笑着进来。她动作很轻，一人面前放了一把。然后，望着窗外。她穿着黑色运动鞋，牛仔裤，休闲服，头发马尾状束在脑后。沙沙，雨水往地上挤。有些雨滴打在门窗上，发出滴答声。胡金润坐下来，望着我们，接着刚才的话头倒了起来，像竹筒倒豆子。我放心了，她已完全放下，声音很轻。

四

矿山的人都忘不了，我那晚把天都快哭塌了。我天啊地啊喊着，在地上翻滚，双脚双手击打着地面。我头发凌乱，浑身黑泥。哥拼命扯住我，后来哥说，我不扯住我妹子，她活不过那晚。

2003 年 1 月 11 日，农历腊月初九，八点十五分，这个日子和这个时刻就像一把尖刀，带着恶毒，深深插入我血汪汪的心窝窝，开始蔓延，摧毁着我的身心。

胡金润的男人惨啊，井下绞车从他身上碾压过去，当时就不在了。人们背着我说，压低了声音。

我大脑是空的，世界成了黑色，不想活了。火化时，我死死扑在他身上，嚷着要一起火化。哥把我扯起来，说，他留下两个儿子，你真要对他好，就活下来带大这对娃。

事实上是没有人理解我此时的心情，我恨一切。矿上的人发现，我变了。我原本就内向，之后不再说话，不再理人。矿上有内定政策，安排我在锅炉房工作。可当我领到第一个月的工资时，眼泪又止不住，不愿意去上班。公公婆婆左说右说，哭着劝我。我心在流血，二百七十元的工资，能做什么呢？我奶水不够，两个娃娃一直吃奶粉，一个月就要上千元。公公婆婆说，会好起来的，他们是我们的孙子，我们不会不管。我上班，公公婆婆接走了娃娃，我下班再带。有时，公公婆婆不见我回来，就去找。

一起上班的人说，胡金润独自一人进山了。有时，我天黑前回来；有时，深夜回来；有时，不回来。有次我轮休，给老人说想去山里走走。我像个疯子，没有目的，满山奔跑。结果两三天才回来。老人吓得不轻，求我以后别这样。我说，我死不了，死了倒好，那样，我可以见到他。我在山上就是乱走，走以前他领我走过的路，闻闻还有没有他的味道。老人再劝也无用，后来，两个老人习惯了，任由我满山走。很多矿工私下说，胡金润真的疯了。

这样的情形持续了三年，直到我身体出了毛病。右肺痛，有时难忍，稍好一些我又往山里跑。我越来越瘦，像根细棍，风一吹就倒。其实，他离开一年后，我身体就开始不舒服。我忍住没给公婆说，不想说，再说，公婆已回曲靖。我犯浑了，疼吧，所有的疼都朝我来吧，疼死了，更好，正合我意。

六月的一个下午，太阳像发高烧一样，要热死个人。我洗好两个娃娃的脏衣物，去地里弄了点蔬菜回来，准备煮一锅小瓜、洋芋、长金豆，娃娃们爱吃。也许是血缘吧，他就爱吃这锅菜，两个娃儿也爱吃。只等他们从幼儿园回来，便下锅煮。我今天头一直疼，给自己倒一杯水，准备喝下去。就在这时，门响了。

妈，外面喊道。两个娃回来了。

我像往常一样，望一眼手表，四点半。打开门。两个娃站在门口，笑眯眯望着我。突然，我眼前一黑。

我当然不知道自己晕过去了，待醒来，已是一小时以后。两个娃不知发生了什么，静静守在我身边。矿工们还未下班，加上我家是在拐角处的里面，无事也不会有人过来。我多么希望自己不要醒来，但又心疼娃娃，没有妈他们怎么办?

我相信还会发生这样的事。我拿来爱人的照片，对娃娃说，宝宝们，要是妈以后醒不过来，你们不要难过，那是妈妈与爸爸在一起了。

两个娃娃闪着眼睛，似乎不懂，不知怎么回答。我又说，妈妈枕头下有两百块钱，你们拿着，叫隔壁阿姨给你们买车票，去曲靖找爷爷奶奶。

大娃眨着眼，问，两百块钱可以买回妈妈吗?

我愣了一下，一把搂过两个娃娃，眼泪落个不停。

再一次疼晕过去，我被送到医院。矿区医生检查无果，医生脸色严峻，摇摇头，建议到大医院继续检查。姐姐赶来了，看到我检查单上的体重三十八公斤，哭了。姐姐背过身抹去眼泪，笑着对我说，有姐在，别怕，砸锅卖铁都要给你治病。姐领我跑了大大小小七八家医院，化验单一大沓，堆起来像矿上检查验收报表一样厚，结果一样，不确定。最后，姐姐陪着我来到昆明医科大学第一附属医院的胸外科。给我检查的医生姓洪，姐姐和我睁大眼睛，专家就是专家，果然有两下。看罢CT，结论就出来了：慢性脓胸。我们姐妹俩从未听说过这病，顿时慌张起来。

姐姐问，那咋治？

洪医生说，手术。

我想起电视里手术刀在身上划的画面，问，不手术行吗？

洪医生一脸慈祥，说，右侧塌陷的胸廓已压迫内脏，内脏正在变形。现在的情形，还能做手术，再拖，神仙也不敢做。洪医生这么一说，我只得住院。当得知手术费用时，我心突地掉进深渊似的，不顾姐姐的泪水和劝阻，跑出医院，直接到客车站坐车回家。

我认为自己命运多舛。

妈妈为我哭泣，哥嫂为我奔波，姐姐为我丢下家里的一切，陪我四处看病，为我四处借钱，还得隐忍我的无故发火。公公婆婆为我操心劳神。我这不是讨债还会是什么？年纪轻轻，男人丢下我和一对一岁零二十七天的双胞胎儿子到另一个世界去了，才三年，身体又得罕见的怪病，这不是来还债还会是什么？

姐姐找到矿上工会，说了我的身体状况。工会负责人很热情，答应尽力帮助。负责人说，胡金润的丈夫矿上遇难补助的那笔钱，有三万多块，可以拿出来给她治病啊。当时胡金润给矿山的账户是她公公的。难道她公公婆婆舍不得？

姐姐一听，脸就拉开了。我对姐姐说，那笔钱我分文未要，全部给了公婆。再说，我宁愿死去，也不愿用那笔钱给我治病，那是他的血命钱。

我姐姐万分不理解，还是私下打电话给两个老人。其实，矿区工会负责人也打了电话给两个老人，说了他们儿媳妇的身体需要钱治病。两个老人很急，婆婆哭了，说治病要紧，这钱我们从未用过，就是留给他们母子三人的。

姐姐东奔西跑，终于凑足了治疗费。我得知后，又哭又闹。我的心情是极为复杂的。

五

抹着眼泪的朋友突然插嘴，打断了胡金润，问，那三万多没有用来支付手术费？

胡金润说，公公亲自送来了。当然，姐姐没告诉我，否则，我是万万不会同意住院的。

我后来对人说起胡金润真的是磨难多，连做手术的遭遇都很罕见。

胡金润回答完。我对朋友说，还是别打断金润。金润，来，喝口水，你给我们说说你的手术情况。我起身把杯子往胡金润面前移了移。雨还在下，一阵阵冷风吹来，胡金润身子缩了缩。我抓过沙发上的一块大毛巾，给她披上。

胡金润端过杯子。抿了一口，接着说了起来。

六

我又回到医院，住下。几天后，医院决定手术，主刀的就是洪医生，他是医院这方面的专家。

一切准备就绪，我被推进手术室等候。我知道，就要躺在手术台上麻醉。里面的病人已完成手术，即将被推走。突然，里面乱起来。病人血管破裂，必须紧急抢救。我吓得心“咚咚”直跳。

当我被护士推进病房时，哥嫂姐姐妹妹等忙来扶。我说，还没有做。夜里躺在床上，翻身打滚睡不着，我一直在想，那个血管破裂的病人得救了吗？即使救不活，又如何呢？也许是一种解脱。满身插满管子，活着也是受罪。城市的夜晚比白天更辉煌，霓虹灯像春季里的花一样绽放，各种灯光交织闪烁，这也许就是城市的繁华和美丽。可是，这一切与自己有什么关系呢？美丽的后面总是藏着痛苦和无奈。我转过身子，面朝里。墙壁的白有些飘忽，有些阴森。我又翻转过身来。透过玻璃的灯光照进病房，忽明忽暗。靠门边的病友是一位长得好看的女大学生，她今年二十二岁，如花的年龄，却重病睡在医院半年了。她的妈妈对她百般呵护，总是背着她的时候泪流满面，唉声叹气。

我第二次被推进手术室。医生护士已在里面，穿着手术服，戴着口罩。我分辨不出哪个是洪医生。刚要上手术台，就被叫停。紧接着，一个全身血染的急救病人被送了进来。这是一个九岁的小男孩，骑车玩不慎冲入牛群。受惊的牛群疯狂踩踏在他身上，有的器官都被踩碎了。浑身是血的男孩昏迷不醒，我心“咯噔”一下，仿佛是我的器官被踩碎，剧烈痛了起来。我突然想起他，在井下被绞车碾压得血肉模糊，不成人样。我捂住胸口，紧紧闭上眼睛，不敢再看。

夜里，我偷摸着写下遗书。手术前医生让姐姐在一张纸上签字，上面写着各种各样的意外。那么，我走不下手术台也是有可能的。我写了好几张，有给妈妈的，有给公婆的，有给娃娃的，也给另外一个世界的他写了一份。最后我又写了一张器官捐献遗书，如果我死了，我可用器官就捐给那个被牛踩碎器官的男孩。

我被告知，周一手术。这是第三次进手术室，姐姐安慰我，说事不过三，这次一定会做的。姐姐叫我好好休息，早早入睡，养足精神，有利于手术。我躺在床上，心特别平静。手术成功与否已不重要，去另一个世界，就可以和他见面，又有什么不好呢？那天晚上做梦还梦见他，一身白衣，从我身边走过，急匆匆的样子。醒过来，又睡了过去。

听说我喜欢爬山，女大学生要带我进山。在绿油油的山林里，我俩爬着爬着出现一个大洞。女大学生一闪就进去了，回头说，姐，我就先进去了，里面是另一个世界，花花绿绿的。我一听，也要进，忙去抓女大学生的衣服。不知怎的，衣服却变成了一根毛茸茸的尾巴，吓得我赶紧缩回手。就这一瞬间，山洞不见了，女大学生也不见了。我惊醒过来，才发觉自己做了一个梦。已是大半夜，灯光闪烁中，隐约看得到那个女大学生静静地躺着。她的妈妈躺在她的脚边，眼角有亮光。

第二天，我望着女大学生发呆，不敢说这个梦。

夜晚，病室里的人被女大学生的妈妈“医生医生”的哭叫声惊醒了。女大学生胸闷憋气，整个脸庞发紫。医生护士赶来了，围着女大学生紧急抢救。一个小时后，医生护士停了下来。人们不得不相信，刚还在的生命就消失了。

可女孩的妈妈不相信。她不准任何一个人靠近自己的女儿，医生护士也不准。孩子啊，孩子啊，你醒醒，妈妈在这儿呢！她就这么哭，这么喊，一直哭喊到天亮，她再也发不出声音来，只见嘴巴一张一合。

这件事，像一记重拳击打在我的心窝窝里。那个妈妈的悲痛撕裂着我，也把我心窝窝里堆积的那团重重的腐浊雾霾撕碎了。我终于明白一个人的离去，痛苦的不是离去的人，而是她活着的亲人。他死去，我不就这样么？如果我死去，我不敢想下去。

第一次被推进手术室的那天，妈妈不敢来。邻居大婶说，你妈妈在门口摆了香炉，跪了一天一夜，祈求上苍保佑你。当时我就“我的妈妈啊”哭了起来，还是姐姐妹妹嫂子劝住的。

我那一对孪生娇儿，那么小就失去了爹爹，要是再失去妈妈，他们不知会有多痛苦，谁陪他们长大，谁陪他们度过春夏秋冬。还有疼爱自己的公婆，还有天天陪自己在医院里的姐姐妹妹、哥哥嫂子。

不能再这样了，得活下去，为自己，为亲人。前两天看书，书里有一句话我特别喜欢：生活就是一面镜子，你笑它就笑，你怨它就怨。

我眉头舒展开来，喊姐姐，傻大姐，我要吃东西。担惊受怕，又不敢表露，日夜守在我身边的姐姐，终于露出笑脸，来了精神。每次都是说破了嘴皮，才劝动我吃一点。这回好了，我主动要吃。姐姐说，她悬着的一颗心仿佛有了点力量支撑，我这个状态对手术会有好处。

我终于被推上手术台。进手术室那一瞬，我看到门外所有亲人的眼神，装着满满的期待。公公那满头白发，凌乱，发抖。哥哥、嫂子、姐姐、妹妹的眼睛仿佛掉进我眼里。我还知道，妈妈正跪在老家的门前，不停地祈祷。婆婆领着两个娃娃，燃了香，举得老高，磕头作揖。

手术室，静得要命。打了麻醉的我，一无所知。后来我得知，手术中几经风险，还是被手术经验丰富的洪医生处理好了。在重症室里待了几天后，我被送回原来的病房。病友们笑着，祝贺我。我想，要是那个女大学生还活着，她寡白的脸庞也会有一丝笑容，一定会说，恭喜姐姐活了下来。

手术后的我，仿佛换了一个人似的，会主动与人交谈，脸上也有了笑容。姐姐这才告诉我，我的右肺被切除了大部分，有一公斤左右。过了几天，切片病理检验报告送来，清楚写着：慢性脓胸。

大家都松了一口气，尤其是我。谢天谢地，我还活着。经过这一番，要活下来的愿望，是如此强烈。我欣然接受大家对我的关心，报以微笑。我背着姐姐，把原来写的遗书撕碎，丢入马桶。一阵哗啦哗啦水响，我抬头望向窗外。蓝蓝的天，白白的云，昆明这么美，以前自己怎么没发现呢？

住院四十八天后，我出院回到了矿上。同事们来看我，我很开心，还细细讲述了我进手术室三次才得做手术的经过。我甚至不避讳讲他遇到的那次矿难。同事们明白，我走出来了，终于走出失去爱人的阴影。

半年后，兴云矿区工会安排我参与单位“安康杯”知识培训演讲比赛。在台上，我一点也不怯场，一板一眼讲出自己的故事，现场很多人听得直落泪。我取得在全县煤矿系统演讲大赛的资格，演讲结束，我还获得了二等奖，受到表扬。那个低头走路不理人的我仿佛换了个人，见到同事微笑着主动打招呼，还常找被我疏远的闺蜜玩、聊天。没人时，我就读书、写字，写自己的故事，写我的好姐姐，把她写进《傻大姐》里。

我还编织手工艺品，挣了不少钱，更多的时候在户外活动，尤其爱捡菌子。

矿区四周，尽是大山，山挨着山。山上，壳松、青松、冬瓜树、豆金娘、杨梅树、杜鹃最多。我知道，山上岂止空气新鲜，活宝贝菌子也多。夏秋两季，我轮休时就进山。只不过，以前是漫无目的乱逛，看见菌子，还会踏上一脚。现在是背上背篓而去，满载活宝贝而归。

从山上回来，我背上的背篓，手里的提篮，装满了菌子。还不到菜市场，路上就被人买走了。

在后所镇庆云村委会，哪座山有菌子，山上哪个坡出菌，哪塘是菌窝，像长在自己身上似的，我十拿十准。神奇的是，别人走在前面，也没有捡到菌子。我在后，弯下腰，要么土黄土黄的几朵牛肝菌，要么青汪汪的两朵青头菌，在别人羡慕的眼神中装入提篮。我说，青头菌，是成双成对的，找到一朵，必然还有另一朵，或在一起，或在附近。

有一次，我光卖菌子就赚了一万元左右。

我捡菌子出名了。闺蜜或朋友们都来约我，要我领着一起进山。九山八洼走一遭，他们不得不服，菌子就在脚下也不知，却被我一眼瞧见，说，小心踩着刷把菌。

那天，我在秤上一站，四十八公斤！这不是我怀娃娃之前的体重吗？我乐了，跳下秤，屁颠屁颠爬了两个山头。我坐在山顶石头上，独自咯咯咯笑着，望向托着蓝天的白云。我看到了他，我的爱人，在笑。

我懂了，肺切了不要紧，缺肝缺肺又如何，关键要有心。

七

胡金润说完了她的经历。我们久久没有说话，仿佛刚从生死时光隧道回来。雨早停了，一束阳光从窗子透进来。胡金润站起来，抖落身上的大毛巾。阳光正好照在她脸上，笑眯眯的模样。

怎么？你还哭了？胡金润问我，递了一张纸巾过来。

是替你开心。我望着她说，心一阵阵痛。

我知道，在当地，胡金润还有一个名字，叫菌子王。

打谷记

曾明山

打谷记

由蜿蜒的田埂上望去，黄绿黄绿的一片，是成熟得低垂下头的沉甸甸的稻穗。比稻穗更黄的，是这个秋季收割稻谷的人们身上沾满的黄泥。

稻叶的碎片飘舞，脸上有刀割般的疼痛。稻芒无处不在，钻进脖颈和身体的其他部位，痒得我想使劲地挠。大哥说，不能挠，带锯齿的稻叶和尖尖的稻芒会扎伤皮肤，钻进肉里够你受的。我站在似乎看不到边的水田里，身体扭啊扭啊，心更是乱痒痒，表情滑稽而痛苦。

我害怕稻子黄的时候。分田到户，我家有九亩水田，最远的在十里开外的山坳里。一年两季收割，想逃也逃不了的一种苦差。割禾的时节，天不亮就得出门，贪太阳还没出来的那一阵清凉。不忙到天黑，大哥也不会让我们回家。哥哥们找一些借口，赖在学校里不回来。这一年暑假，四哥去了南海舰队当兵，五哥来信说要在大学勤工俭学，大嫂怀了小孩也不能下田，家里只有我和大哥两个劳动力。下了田，只见大哥的手有力地摆动，镰刀在稻根处有韵律地飞舞，“嚓、嚓、嚓、嚓”，四绺稻草被攥在大哥粗大的手掌中，一个转身，挥一挥稻子，又齐整地摆放在身后。镰刀下，是一溜齐整的稻茬。

大哥割禾的时候，左手的虎口向上。我也学着大哥的样子，左手虎口向上顺握着稻穗，右手使劲地拉动镰刀，带齿的镰刀却不听使唤，“哧”地顺着稻梗向上滑，在我的手腕上拉出了一道血口子。大哥说，你气力小，虎口向下，就割不到手了。我将稻穗压低，向着稻穗反方向用力扯，割剩的稻茬就像小孩乱蓬蓬的头发，高高低低。大哥望望我，摇摇头，不再言语。两个小时过去了，大哥割的那片，就像剃头刀一刀下去，平展地伸进了稻田深处。我的两脚在泥巴中揉出了深坑，像软绵绵的菜虫，极不情愿地慢慢向前蠕动。

稻子全部倾倒在水田的时候，我直起酸痛的腰，太阳火辣辣地在头顶晃悠，汗水流进眼睛，眼也被烫得生痛。我和大哥拽着打谷桶的两只耳朵，歪歪斜斜地将打谷桶拉进水田。挽起被泥浆浸泡的裤脚，一只脚踩在谷桶的踏板上，另一只脚踏动谷桶。谷桶轰鸣起来，双手握着一把稻谷来回摆动，谷粒和细碎的稻叶在眼前纷乱地跳跃。

踩谷桶的时候，一定得和着节拍。大哥脚长，我脚短。大哥力气大，我力气小。踩着踩着，有时就跟不上节拍，忽然踏空，踩谷板弹起来，打痛了我的脚底。打完一个地方，拉动谷桶，我这边拉不动，大哥只能一边拉一下，让谷桶平衡，稻田里就留下弯弯曲曲的两条桶辙。大哥瞪着我，脸黑黑的。我也犟着头，像老牛一样“呼哧呼哧”喘着粗气。大哥长长地叹了一口气，说：“爷老子啊，你不是做农活的料啊！”便坐在田埂上，掏出烟，耷拉着脑袋闷闷地抽。

如果是在平时，劳力多的时候，几兄弟喊着号子，拉动打谷机，一亩的稻田，两个小时就可以完成。这时候我就会闲下来，跟着打谷桶后面捡拾遗漏的谷穗。或许，还会在稻田的泥浆中捉到几尾鲫鱼。但当兄弟们再也不愿回到家里的时候，我就是大哥唯一可以支使的劳力。从割禾到打谷、担谷、晒谷、进仓，这些功夫一样也少不了。

天暗下来，几颗星星冒了出来，出现在东边的山凹上，一会儿就布满了夜空。旁边稻田的乡人收拾农具准备回家。我想给哥说，不如回去，好好睡觉，明天再干。但哥没有作声，我就不敢问。

大哥说，这打下的谷子得担回去，怕给人偷了。偷了，一天的工夫就白搭了。一天的工夫白搭了，今年送粮的任务就完成不了。

打下的谷子得一担担往家里挑。大哥一担一担地装满，抖擞精神往家里赶。我只能担半箩筐，深一脚又浅一脚，跟在大哥后面，由右肩换到左肩，又由左肩换到右肩。左肩和右肩也承受不了疼痛的时候，就猫着头将扁担横在背脊上。一路上，我不停地数着脚步，然后再数来回的趟数。经过对面肖冲村的时候，我听到了一只狗在寂静中“汪汪”地叫。隐隐约约的，又似乎听到有人在禾场上说话。

结绳记

脱了谷的稻草晒干堆放在禾场上，形成一个又一个草垛子。性格严谨一点的乡人，堆放的草垛像一个圆墩，还戴着一个锥形的尖帽子。懒散的呢，就堆放得像小山，或者是蓬乱的一堆，母鸡在上面扑腾，“咯咯咯”，欢乐地叫着，寻找着残留的稻谷。或许有些故事在某个夜里发生吧，草垛的形状一天天变化着，变得越来越纷乱。不过，这正适合小孩们玩耍。一个蓬乱的脑壳从草垛子里面钻出来，面容清瘦，脖颈上沾满了稻草；又忽地几个人向草垛的山顶发起冲锋，脚底却软绵绵使不起劲，几个人就头下脚上骨碌碌从草堆上滚了下来。

这就是童年时我的生活。农活忙完了，母亲会和我编织草绳，用来捆绑稻草。母亲坐在门口的小木凳上，双手将一绺稻草呈弓形弯着伸到我面前，我用一个弓形的弯把子扎在草头上，碌碌地转动着，把稻草扭成一条绳。母亲在另一头不停地将稻草掺和进来，纷乱的稻草被席卷而入，一条草绳就慢慢变长。草绳越来越长，沉沉地向下坠，我双手紧握弯把子摇啊摇，双脚“噔噔”地往后退，一直退到了禾场的另一头。

不用的碎草堆放成草丘，点燃，烧成灰后作肥料。小孩们用棍子在火堆中扒拉着，掏出一个火红的洞，不时有爆米花“扑扑”地跳出来。放一粒到嘴里，蓬软而脆口，别提有多么清香。当然忘不了将几个红薯放进没有明火的灰中，煨上一个多时辰，香喷喷的红薯就烤好了。撕开黑黑的一层皮，红得透亮，冒着诱人的热气。

青烟缭绕，秋阳温暖。这是一年中最后闲适而温暖的阳光。厌倦了夏秋两季的收割，只有在收割后燃烧的草堆旁，闻着稻草的清香，望着深邃的夜空，听着叔伯们“讲古”时的爽朗笑声，才清晰地感觉到，最忙碌的时候已经过去。

总觉得时光太过缓慢，每天的日子总也熬不变。似乎什么也没有做，又似乎一年又一年做着一些重复的事，劳累得让人绝望。自己就宛如一根稻草，被一股力量席卷，被时光席卷，过着简单却又幸福的生活，不可预知将会发生什么。一些事情却坚定地发生着，不以我的意志为转移。来自母亲的述说中，出生不久的我差点夭折。经历了一次死亡挣扎后，父亲给我取了个小名，叫作碎石。石头破碎之后，断没有再黏合的可能。我不明白父亲为我取这个小名的缘由，也许，就像所有山中大大小小随地安放的石头一样，由着它破碎罢！同样的命运也发生在四哥身上。四哥高烧至昏迷，母亲抱着他到岭上找赤脚医生，然而赤脚医生外出，没有人知道他去了哪里，又何时能回来。母亲坐在赤脚医生家门口，凄凉地哭泣。路人经过，询问母亲发生了什么事，最后也只能陪着掉几滴同情的眼泪。母亲绝望地抱着四哥回家，然而第二天，四哥却奇迹般地苏醒过来，此后再无大的病患。

在哭声打闹声中、在白天的疯狂追逐中、在黑夜沉默的鬼怪故事中，我们像田里的稻草，微不足道地、葱绿地生长着。在重复的时光里，猛然发现自己已经长大，父亲过世，母亲已然年老。再后来，开始对时光恐惧。会对自己说，现在这个满怀沉重心思的人，就是当年那个草垛中嬉戏的孩子吗？怀念悠长却无忧无虑的日子，却发现没有了放纵的资本。在一天比一天紧迫的日子里，在庸碌的生活中，不停地警示自己，但日子却依旧悄无声息地流走。

也许，一切都会继续，也只能这样继续。我编着我的草绳，糅合那些杂草，并且将经历过的人和事，在草绳上做一个标记，打一个结，就这样延续生命中平淡寂寥的时光。

年味

陈蕙卿

又到年节了，花炮声不绝于耳。夜色下的省城，霓虹闪烁。远近高低的建筑物，宛若漂浮在大海上的岛屿。绚烂的烟花，拖迤着五颜六色的小尾巴，如花雨一般，自空中洒落烟灰碎屑。越聚越厚的黑灰色烟雾，嚣张而大气地铺陈在城市林立的楼宇间，火药的浓香在空气里恣意地弥散，年味越来越近了。

记忆中的年味是一片明净的蓝天，一个有点岁月的院子。院子里有许多的喜怒哀乐，还有一群穿着或蓝或黑或灰色棉袦、棉裤的小伙伴们。

那是一个不大的院子，供销社的家属宿舍，在庐山的脚下，一个叫作红旗公社的地方。有点像北方的四合院，低矮的平房里住着十几户人家。院子中间是一块由三合土夯实平整的场地，是这十几户人家集体活动的地方，也是居住在这里的二十几个小伙伴们的乐园。每逢年节，院子里的男人们在老婆孩子面前，干劲十足地脱了棉衣，互相吆喝着，很卖力的脏活、累活比着干。女人们则聚在院子里，一边织着毛衣搓洗着衣物，一边你一句她一句饶有兴趣地唠叨着院子里人家的新鲜事。诸如李家的大女儿找了个漂亮的男友开年后的五一就要送随礼钱了，王家在大学里读书的儿子今年又是系里的第一名拿到了奖学金，张家的媳妇刚生的胖儿子两只眼睛滴溜溜转得忒有神，赵家八十多岁的老人今年冬天哮喘犯得厉害不知能不能熬过这个冬天，钱家一位美国的亲戚今年给他们汇来了一沓美元还真是叫作有钱的人家等，笑声不断。二十几个小伙伴们更是不闲着，红包里的压岁钱，身上的新衣服，嘴里的零食，手上的新玩具，家里来的客人，值得炫耀的礼物，都在院子里冬日的蓝天下，叽叽喳喳、神采奕奕地晾晒着，让小伙伴们羡慕不已。

从年前的第一场雪开始，蓝天下，小伙伴们就忙着将院子里的积雪堆在了一起，上圆下方，堆出了几个遥遥相对的雪孩子。黑黑的煤炭是雪孩子的眼睛，青青的白菜帮子是雪孩子的嘴巴，红红的萝卜头是雪孩子的鼻子，竹篾的筛子是雪孩子的帽子，萝卜的绿须是雪孩子的帽缨。男孩小刚从家里偷出来的一块红布成了雪孩子的斗篷，可惜没多久，就被他妈妈发现了，小刚挨了骂，红斗篷也被他妈妈扯了回去。在小伙伴们的哄笑声中，载着小刚由生气到快乐笑声的雪仗，不可缺少的开战了。只见院子里漫天飞雪，只打得云昏天暗。总有几家门前正在晾晒的衣被上，沾上了几片白雪与三合土混合而成的黄色花絮。其结果，便是几位妈妈横着扫把将自家的男孩打得鸡飞狗跳。每每这时，就是我们几个女孩子最开心的时候，站在一旁跳啊笑啊，掌心都拍得通红。等到飞花溅玉般的雪仗停歇了之后，那些低垂在屋檐下长长的冰凌柱，便又成了小伙伴们的爱物。个子高的掰下那些最长最晶晶亮的，个子矮的也不甘示弱，搬出自家的凳子，垫在脚下，一纵身也能掰下一块自己喜欢的冰凌柱。捧在掌心里，冰凉冰凉的，刺激了整条手臂的肌骨；咬在嘴巴里，嘎嘣嘎嘣的脆，比妈妈阿姨们炸出来的蚕豆还要嘎嘣得多；倚在手腕上，就像一挺挺有型的机关枪，尖尖的枪口还能滴融出冰凉刺骨的“子弹”。这些一滴一滴的“子弹”啊，同样让我们二十几个小伙伴们缩起光溜溜的脖子，大呼小叫，满院子乱窜。我们这些女孩子到底身子弱些，不折不扣成了男孩子们追逐攻击的目标。而当其中的一个女孩秀秀，因为崭新的棉袄领口变成了冰凉的棉花水塘而尖声细气地抹起眼泪时，男孩小强的妈妈便扔下了手中的活儿，像安抚自己受委屈的女儿一样，将一条干净温暖的毛巾塞在了秀秀的颈脖里，抓起一把糖果瓜子塞在秀秀的手心里。伴随着小强妈妈指尖如剑地怒喝：“小兔崽子，你竟敢欺负秀秀！”一条扎扎实实的搓衣板“啪”的一声扔在了院子中间，小强便左扭右倒地弹在了波浪起伏的搓衣板上。随着小强妈妈手中的扫把韵律地起落，小强极度夸张四肢乱跳捂住屁股干巴巴地狼嚎了起来。哭泣的女孩秀秀转泪而乐，聚在一旁围观的院子里的男男女女、老老少少也都神态各异地大笑了起来。

蓝天下的年节里，院子里的老人们也不闲着。他们常聚在院子里阳光最温暖的地方，围成一个圈，摘选着一小堆散乱的小白菜。中间，一个烧着炭火的火盆温暖地泛出白色的炭灰。一位霜染鬓发的老人手指不太灵活，将一片碧绿的菜叶扔进了垃圾堆。另一位分明是他的老伴的老太太，在他的臂膀上轻轻拍了一下，掉了牙的瘪嘴，对着老人的耳朵大声喊了一句，这是绿的！霜染鬓发的老人便赶忙用自己布满褐色斑点的两手，使劲揉了揉已是黄翳斑驳的双眼，仔细看着老伴手中那片被自己扔进垃圾堆里的菜叶，白花花的发丝在阳光下闪着银色的光。老人咧着同样缺了牙的嘴对着自己的老伴笑了，满脸的皱纹带着略略的羞涩和丝丝的愧疚。于是，无论是老头，还是老太，他们各自舒展着脸上的纹路，张开牙口不全的嘴，丝丝漏着风，笑谈着老人们彼此一直到今的风流乐事。那些曾经的酸甜苦辣和旧日的陈年往事，就这样温情地在年节的蓝天下，在院子里，在青青的白菜叶子间静静地流淌着，涩涩的沧桑里带着岁月回眸的香甜。

爸爸们是这个院子里的一支生力军。自入冬以来，只要是清晨的蓝天刚一露脸，爸爸们就忙着将自家腌制的腊肉咸鱼，竞赛似的挂在黑瓦一铺而就的屋檐下，之后便两手抱着臂膀，站在院子中间，像欣赏自己的战利品一样，看着那些连成线的腌制品，在暖日的屋檐下，滴着晶亮透明的油滴。几位爸爸甚至还不够尽兴，对着一条条腌制物大声地品头论足，那种脸红脖子粗的争执分明就是一句话：我家的最好！一位爸爸惬意地点燃了大中华香烟，和另几位爸爸天南海北地调侃。一位手里拎着一竹篮洗好的被褥，腰里系着围裙从河里上来的妈妈喘着粗气走了过来。这位妈妈一手插着腰，瞪着两只牛一样的眼，二话没说对着这位正在悠闲调侃的爸爸的腿肚子就是一脚，爸爸歪了一下身子却又很快站住了。他抖了抖眉耸了耸肩，很小心地掐灭了烟头，将未尽的大中华塞进了裤袋里，灰头土脸，对着一旁几个哼哼怪笑的爸爸做了个鬼脸，嘴里打气似的吼着"临行喝妈一碗酒，浑身是胆雄赳赳……"，觍着脸很大度，拎过了妈妈手里的竹篮，潇潇洒洒，如同甩篮球一样，将篮子里的被褥甩晒在了高高的竹竿上。这又引起了妈妈的不满，将爸爸的脊背拍得砰砰直响。妈妈吼着："再甩，把你甩进河里去！"

年前的二十四，是小年，擦窗洗窗，搬凳抬桌，扫地扬尘，砍柴劈柴，都是爸爸们大显身手的好日子。爸爸们总是威风凛凛，恐吓着自己的孩子，过小年若是不听话，就要打屁股。一个叫小猴子的男孩因为不肯替正在擦窗户的爸爸换洗抹布，被他的爸爸用蒲扇一样的大巴掌扇了好几下瘦屁股墩，小猴子在狼崽子一样的号叫声中，对着正在玩耍的小伙伴们皱着双眉挤着两眼，一跳三尺高，逃到了那位闻声而来用拐棍对着这个爸爸的屁股左右开弓了两下的小猴子的婆婆身后。小猴子的婆婆用拐棍恶狠狠地指着这个捂着屁股直蹬腿的爸爸道："这是我的孙子！"

妈妈阿姨们是院子里最忙碌也最快乐的群体了。年节将至，蓝天下的院子里，一位短发妈妈站在一口大锅前，时而弯腰看看灶下的火候，时而盯着大锅里正烧调着的麦芽糖，不时地从锅中捞出一小勺糖稀，在蓝天下，看糖稀从小勺的一角细细地筛流。日光下，那透明晶亮黄澄澄的色泽，还有那就连小狗、小猫都能嗅得到的香甜，不知让我们二十几个在一旁跃跃等候的小伙伴们，瞪圆了多少次眼睛，伸长了多少回舌头，咽下了多少斤口水，跳酸了多少根脚筋。等到糖稀终于熬制好了以后，几位在院子里洗洗晒晒的妈妈阿姨们就会迅速将洗好晒干的花生或者芝麻倒进大锅里，齐心协力，翻动着，搅拌着，力求使每一颗花生每一粒芝麻都能黏上糖稀，并乘着热乎劲儿，数双手一起努力，将硕大的糖团从大锅里迅速抬到了一旁的大筬里，又七手八脚将黏着糖稀的花生团或芝麻团压紧在了一个四四方方木制的模子里，之后便是喜滋滋的，将这个大花生块或大芝麻块用力地切成条状，再切成片状。这些热乎乎的花生糖或是芝麻糖还未等妈妈阿姨们装进米糖盒，就已经被垂涎欲滴的二十多个小伙伴哄笑着抢去了一大半。虽然像瘟鸭子似的被妈妈阿姨们驱赶，像糖鸡屎一样被妈妈阿姨们训斥，小伙伴们还是乘妈妈阿姨们不注意时，一个接着一个乐此不疲。糖块嚼在嘴里，从小伙伴们的豁牙中流出甜甜的口水，黏在衣襟上，一抹一片脏；藏在身上或蓝或黑或灰色棉褂棉裤的口袋里，直到春暖花开脱下棉衣的时节，妈妈阿姨们才发现这些香甜的花生糖、芝麻糖早已黏在了衣袋里，将松软的棉衣里子雪白的棉花，染成五颜六色的硬块了。新棉衣是要传给弟妹们穿的，如此糟蹋妈妈阿姨们的勤俭持家，如此不顾及弟妹今后的衣着，年后的一段日子里，家家户户自然是少不了我们这些贪吃的小伙伴们挨骂被打时此起彼伏鬼哭狼嚎的交响乐。

虽然屁股挨打的滋味已经随着岁月的流逝成了过去，但是，那些曾经年节里花生糖、芝麻糖的香甜之气，还有发生在年节院子里的故事，以及那些在我们二十几个小伙伴们的笑声和眼泪中并存的丰厚的年味，都永远地留在我的童年的蓝天下了。

黑雾在眼前飘隐。局促在厚重紧闭的双层窗玻璃后，不觉心生感叹，岁月流逝，我将到哪里去找寻我的那些蓝天下的年味呢？

母亲的疆场

沈洋

母亲伸手擦汗的瞬间，太阳露出了半边脸，一束亮闪闪的阳光照在母亲割麦的镰刀上，反射出金灿灿的光芒。

麦浪的颜色很美，金黄金黄的。

那是故土的颜色，那是母亲笑容的颜色。

我的老家大山包，那是一块适合燕麦生长的土地，在那块土地上出生的母亲，注定一生都要与麦地打交道了。

故乡长在高高的原野上，那里瘦，瘦得皮包骨头，皮肤硬不过当地农民的铁锹，泥沙没有沙尘暴那般洋气的学名，跳起舞来却一样疯狂；那里冷，冷得连身上的汗毛都掉光了，绿色抵不过泥土的颜色，都变脸了，树枝没有风硬，都死光了；那里穷，穷得好多人的脸都呈菜色，穷得脸朝黄土背朝天的农民佝偻着躯体背负着大山，可穷得新鲜也饿得硬气，这是我记事起母亲常挂在嘴边的一句话，也是故乡人常常用来教育后生晚辈的一句乡村古训。

就是在这样的土地上，母亲守着我们家三口人的二十几亩瘦地，天天在土地里刨，天天在土地里盼，一刨就是半个世纪，一盼就盼得满脸皱纹。

下种的季节，母亲找来晒干的竹秧，用火点燃，那火苗腾到半空，我拿着熊熊燃烧的竹秧，母亲抬起装有麦种的竹筛，高高地迎风朝着火苗的上方倒下麦粒，那麦粒穿过火苗落在了地上，身上的死茧经过大火的洗礼，使得麦粒得到了新生。透过烈火，母亲的脸红扑扑的，眯着眼，极细致、极认真地扬下每一粒麦种，唯恐哪一粒种子逃过火苗。随着竹火的熄灭，筛子里的麦粒也全部回到了土地上，看着过火的麦种，母亲像完成了一件重大的工作任务，像完成了一次神圣的祭祀，她长长地松了一口气，放下了手中的竹筛。

随后是拌农家肥、打塘、丢种、盖塘。当母亲无数遍地用手中的板锄刨遍麦地的角角落落后，一年的麦种就下地了。二三月间，嫩闪闪的麦苗长出来了，大地不再荒芜，绿色使得故土变得生机无限，有了点点儿诗意，像是待嫁的新娘，让人充满了期待。麦苗儿一天天在长，母亲的目光也一天天拉长。欲望是个可恶的恶魔，霜冻想掐断嫩芽，洪水想吞噬麦田，大风想压弯麦秆，麦虫想啃光麦穗，牲畜还想连根拔起，所有的威胁都让母亲寝食难安，母亲的脚步长年围绕着她的麦地转，给麦地除草，给麦地撒肥，给抽穗的麦子打农药，每一个环节她都要操心。

收麦的季节母亲总是赶在太阳的前面，露水打湿了母亲的鞋子和衣衫，母亲弯下腰去就是一个时辰，母亲抬起头来麦子就割倒了一大片。母亲像是一个战场上的指挥官，又像是一个冲锋一线的战士，麦地就是母亲的战场，母亲挥舞着镰刀，所向披靡，仍然站立在麦地里的麦子在指挥棒一样的镰刀的“嚓嚓”声中，不断地变幻着阵势，一会儿站成一排，一会儿又站成“U”形、“V”形或者各种根本就说不出名堂的形状。当夕阳斜射过母亲发际的时刻，母亲站立在麦地中央，像是攻下了一片阵地，她目视割倒的麦子，有一种前所未有的满足感和成就感。

在一个个星光洒满村庄的夜晚，母亲把麦子打成捆，一垛一垛地用马儿驮回家，母亲以她娴熟的堆麦技巧把一年的成果堆成了家门前一个又一个小山一样的麦垛，村庄静极了，偶有星星点点的灯光从某家的门缝里挤出来，和着几声狗吠，村庄就活了。这让母亲踏实了许多，有了回家的感觉，不再像一个人在麦地里那般孤寂了，母亲码完最后一捆麦子，做了个深呼吸，一个秋天，就结束了。

打麦选在天气特好的日子，当木连杆打得麦粒飞溅、当麦糠在秋风中飞扬、当金黄色的麦子装进一条又一条口袋时，母亲的脸绽放出了这个秋天最幸福的笑容。母亲还会选一个晴天，背一口袋麦子来到水井边，用竹筛把麦子淘了又淘，搓了又搓，洗了又洗，直到洗得水能够照得进人影，母亲才把淘好的麦子背回家，用大锅蒸了又蒸，炒了又炒，炒得黄生生的了，才肯出锅，然后背到山背后大河边的电站磨坊去磨成面子，趁着星夜背回家，用细筛把粗的麦粒掸掉，一年的新炒面就做成了。母亲忙舀一勺在碗里，用红糖化的滚烫的水将炒面调匀，自己都舍不得吃上一口，就喂在我们三兄弟嘴里。那炒面可香了，香得回味无穷；那炒面可甜了，甜得满嘴生津；那炒面可砂了，砂得吃了一口就不想放碗。母亲见我们三兄弟吃得如此开心，也笑得合不拢嘴，沉浸在无比幸福的喜悦中。

除了用麦子做成炒面，母亲还花样翻新地用麦子做窝窝头和甜白酒等好多美食给我们吃，让我们的童年在贫瘠的大山里也一样没有饿着，一样充满了快乐。今天回想起来，当母亲把自己用燕麦做成的美食喂到我们嘴里的那种喜悦，真的无法用言语来形容，我想，那一点也不亚于今天的父母给孩子买了世界上最好吃的点心，或者带孩子上地球上最好的餐厅那般高兴。

母亲就这样日复一日，年复一年地重复着每一季麦子从点播到收割到做成炒面喂到我们嘴里的轮回。我不敢想象，那需要多大的耐心和毅力啊！需要怎样的坚韧和信念啊！就这样，母亲从大山里一个花季少女一直坚持到了年近花甲，整整半个世纪啊！在这样的坚持中，皱纹慢慢爬上了她的额头，白发不经意间露出了她的发梢，病痛也悄悄浸入了她的身体，精气神慢慢地从她的身体里蒸发。岁月这把无情的雕刀啊！硬生生地把母亲变了个模样。

多年后，当母亲的三个儿子长大成人，并如愿以偿地实现了母亲的梦想，端上了国家的碗，吃上了公家的饭，住上了城里的房时，母亲也随她的儿子们住到了城里。原以为，母亲这一生可以和她的麦地说声拜拜了，可事与愿违。母亲在城里如坐针毡，她老是放心不下山里家中那点土地，成天总是唠叨。后来母亲坚持要在房顶上置些泥土，种些葱葱蒜蒜的，我们也都没反对，希望通过这种形式弥补一下她内心的空寂。

在一个冷风细雨的下午，我开车从大街上经过，见一群人正围在一起看热闹，人群中，一位好心的大娘正搀扶着一个背背篓的老人，我的心咯噔一下，那不是母亲吗？她背个背篓在干啥呢！我赶紧下车几步跨过去，才弄清事情的原委。原来，母亲闲不住，把老家种我们土地的邻居送的燕麦做成了炒面，背着到街上叫卖，正好那天她体力不支，贫血的老毛病突发，一跤就摔倒在地上，要不是旁边的好心人帮忙拉起来，还不知要出多大的事呢！

我把母亲扶上车，问母亲为啥还要去卖什么炒面？

母亲说：“儿啊！你们又是结婚又是买房的，欠下那么多的账，我去找点零用钱，也给你们减轻点负担啊！”

我一时间哭笑不得，心针刺般地疼痛。

母亲啊，什么时候你才能走出你自己从播种到收麦的轮回。

我的眼前，又出现了母亲在金灿灿的麦地里挥舞镰刀的倩影，她的身体是那样矫健，动作是那样敏捷。

我终于读懂了母亲。

是啊！老家的麦地，才是母亲的疆场。

姥姥一百岁

高林有

守寡

姥姥去世时，整整九十八岁，加上每四年一次的闰月，该有一百岁高龄了。

姥姥是山东庆云张家庄人，年轻时很漂亮，大眼睛，皮肤很白。十六岁时就被刚刚死去妻子的姥爷相中，嫁给姥爷时，姥姥并没有因为是续弦而感到委屈，她很喜欢姥爷那刚强的性格。姥爷姥姥开始在天津南八里台村的大家庭里过着平淡的日子。后来年景不好，姥姥就扭着小脚跟着姥爷闯关东去了。姥爷有一身好手艺，在奉天一家火车配件厂作领工，大把大把的钱往老家寄，可都让姥爷的大伯独占了去置房子、置地。姥爷后来知道了这事，一气辞去生计带着家小又回到老家南八里台村。姥爷气性大，成天郁闷在家，不久生病，胸口憋得喘不过气来，大胯还生疮套脓，胀起个大包，没钱医治，姥爷抄起剪刀一下子扎进去，脓血喷出来溅了一墙。后来，十多岁的大舅借钱买来“冰凌四消片”，姥爷吃了后已无济于事，大口吐血，不久离开人世。当时姥姥才三十岁。此时的姥姥，除了姥爷前妻生的大舅，又生了母亲、二舅和老舅，但都是十来岁的孩子。姥姥孤儿寡母受不了家族那伙人的冷眼，拖家带口，住到十多里外的几亩薄田边的水车房子里，就是现在的二道桥村的西小庄。娘儿五个相依为命，含辛茹苦，在几亩稻田里春种秋收，那苦日子是可想而知的。

那年天津发大水，田里颗粒无收，姥姥和娘吃了上顿没下顿，三岁的老舅饿得趴在炕上直哭，未成年的大舅只好跑到天津东浮桥扛河坝，当时只有十岁的母亲对姥姥说，这样会饿死人的，我去要饭吧。姥姥脸皮薄，不忍心让孩子去要饭，母亲就偷偷溜出土屋，到八里台，大韩庄一些富裕人家门口要饭。当敲开一家大门时，走出来的是姥姥家的远门二娘，她看着母亲可怜巴巴的样子，问：“孩子，你怎么在这？”母亲流下泪珠：“弟弟饿坏了，您给口饽饽吧。”二娘踮起小脚，从屋里拿来两个窝头塞给母亲。母亲忘记了饥饿，飞也似的跑回家，给老舅一个，狼吞虎咽地吃起来，她又给姥姥一个，没想到姥姥一个巴掌打过来，窝头滚落在地上。老舅一边儿吃着一边儿哭着说：“妈，您别打姐姐，打我吧，是我饿得受不了让姐姐去的。”姥姥也哭了，拾起窝头，递给母亲：“吃吧，孩子，是妈无能啊。”

靠母亲讨饭，一家人总算熬到年关，姥姥又开始盼着扛活回来的大舅能捎些白面来给孩子们包顿饺子。大舅终于回来了，土屋里欢呼起来，大舅抱着四棵白菜、几斤白棒子面，挣的那几个小钱没能买得起白面。姥姥说，咱贴饽饽熬白菜，明年过年三十再吃饺子。这时，二娘端着半小簸箕白面来了：“老婶，给孩子们包顿饺子吧。”孩子们再次欢呼起来。二娘又说：“好过的年，难过的春，你得想法子屯上稻地呀。”姥姥道出苦衷，买稻种的钱早都花光了，没有劳力，没有牲口，怎么屯啊。二娘说：“别愁，我借给你钱买稻种，再把那匹瞎马牵来拉水……”姥姥感动得不知道说什么好。

每天，姥姥领着几个孩子，牵着牲口到地里屯田浇水。顽皮的二舅最爱骑那匹瞎马，上不去马背，他就把马牵到坟头边儿，他踩着坟头才能上马。那时二舅只有九岁，把牲口缰绳系了在腰间，走着走着牲口突然惊跑起来，把二舅在满是高粱根茬的地里拖得嗷嗷叫，姥姥不顾一切地扭着小脚飞奔起来，神奇地追上牲口，把遍体鳞伤的二舅抱在怀里。入夜，豆油灯下，姥姥擦洗着二舅的伤口，泪水止不住地流下来。凭着坚韧和勤劳，姥姥家的生活渐渐好起来，后来买了大牲口，盖了像样的房子，还置了一辆胶轮三套马车。大舅、母亲和二舅相继成亲，姥姥脸上开始有了笑容。土改时，姥姥家的成分被划为中农，这说明姥姥家的日子过得还算殷实，可想，姥姥是多么能干！

巧手

姥姥手很巧，什么样的针线活都能做。在我的记忆里，我第一次去姥姥家是三四岁时走着去的。那年，二舅到我家看母亲，回去时，我哭着嚷着要跟着二舅去姥姥家，母亲拗不过我，便答应了。我高兴地跟在二舅屁股后头一溜小跑，从海河边的黄庄子，经李楼，过双港，穿过白塘口，到新桥，走出五登房，终于到了二道桥的姥姥家。姥姥看见额头尽是汗珠的我，十分高兴，叫着我的名字说，你真有本事，跑了二十多里路，跟个没事的人似的，姥姥犒劳你！说完，姥姥便忙开了，先是给我做了一双鞋，千层底，实纳帮，前脸儿是绣着十字花图案的三块瓦。往脚上一穿，格外精神！去姥姥家，穿的还是开裆裤，这回姥姥给我做的是囫囵裆的。刚一穿上真有点别扭，干什么都得解腰带，慢慢就习惯了。母亲太忙了，都三四岁了还没给我换裤子，还是姥姥心细。

姥姥对我的爱和亲，跟别人是不一样的。有一次我和表哥、表弟几个孩子到生产队地里偷甜瓜吃，让外号叫李瞎子的生产队长逮个正着。我们一个个被押送到姥姥家，李队长对姥姥说："孩子小，不罚了，好好教育教育吧。"姥姥气得抡起笤帚，把他们各臭打了一顿，轮到我却说："不打了。"

有一次，我骑车老远就看见姥姥在河边挥着木杈在翻晒青草，太阳火辣辣地烤人，姥姥却穿着个红兜兜，露着雪白的后背。看见是我，把杈子一扔，迈着两只小脚便进屋做饭。我说："姥姥您歇会儿吧，有点吃的就行了。"姥姥直摇头："能叫我外孙子吃那个吗？烙饼炒鸡蛋！"姥姥烙饼的手艺可叫一绝。就说和面吧，盆里放进白面，加上适量的水，不是三下五除二地和面，就饧着去了，而是一边加水一边用手掌在盆里来回转，一层一层地把水和面搅匀，待转到盆底时，才算和了第一遍，饧了一段时间后，再和第二遍。这时，姥姥把和成一个儿的面团，上下翻几个身，感觉软硬适合后，再一边往盆四周洒水珠，一边用手上下揣面，刚才是转圈和，现在是上下揣。姥姥揣面的姿势相当美，整个腰肢都跟着面团动，每一个动作都利落细腻，偌大的面团在姥姥手里像个气球一样，上下翻滚，叭叭作响，面不沾盆，盆不沾面，这时的面还不能揪剂子下锅，还要饧一个时辰，和了第三遍后才开始烙。火候也有讲究，不用木头、煤那种硬火，用的是干透的柴火。烙出的饼，一张张白如纸，一层层软如绸，外面是泛着金黄色的脆皮儿。吃起来那个香，不用就菜，就让人馋得直流口水！

姥姥把三个舅舅和母亲带大成家后，便一直和老舅一起生活。老舅母生了六个孩子，每天和老舅在地里忙，孩子们都是跟着姥姥长大的，孩子们和姥姥的感情很深。这使我想起一件事，姥姥是个贤惠的女人，也是一个伟大的母亲。她和我从未见过面的姥爷，养育了一个偌大的家族，她的孙子，已经有了孙子，她已经是见了五辈儿的老人了！

病逝

今年3月6日，正好是农历二月初一，姥姥走完了人生最后的时光，终于去了她想要去的地方。姥姥活着疼爱子女，死时还为子女着想，没有把日子选在春节，也没有选在正月，而是选在了刚刚出了正月的头一天。人们难以相信，她瘦弱的身体怎么这么能熬，不吃不喝地在炕上躺了一个多月，真是神了！

我跪在姥姥灵前，没有流泪，一张一张地为老人烧着纸钱，默念着，姥姥您这是到了好处了，在世上整整活了三万六千五百天，这是一个奇迹啊！您要多带些钱走，好生照料自己，那个世界没有钱也是不行的，有了钱别人不会小看，有了钱说话才算数。烧够了，站起身来，忽然发现姥姥灵前少点什么，噢，鲜花！姥姥生前是个漂亮女人，一生爱花，不仅是房前房后成片的大麦熟、西番莲、向日葵，争芳斗艳，而且姥姥还能用灵巧的手，把这些美丽的花儿绣在炕上的被褥上，绣在女儿、孙女的衣服上。可在我的印象里，姥姥的发髻上从来没有戴过一朵鲜花儿！想到这里，我和大哥还有弟妹们商量好为姥姥献花。我拨通了一个花店的电话，让他们马上送八对花篮来，其中有两个是金山（黄色的花塔）和银山（白色的花塔），那是我专门为姥姥敬献的。其余的分别是大哥、大妹、小妹、老弟还有儿子、侄女和外甥女的署名。不到一个小时，花车到了，姥姥的灵柩周围变成了一个美丽的花园，赤橙黄绿青蓝紫，袅娜多姿香袭人。姥姥，您快摘一朵戴上吧，这花都是您的，别舍不得，您到的那个世界一定比这个世界还要漂亮。

在火葬场，太阳变得明亮起来，把每个人的影子照得更清晰了。姥姥的骨灰盒也被抱了出来，人们纷纷钻进车里，等待着“大了儿”发令开车去墓地，可迟迟不见动身的样子。一会儿大哥和我悄声说：“来了这么多车，都不愿拉姥姥的骨灰盒……”母亲说：“把姥姥的骨灰放在咱车上吧。”我马上说：“他们把这么好的尽孝机会让给我，是求之不得的啊。”

就这样，姥姥坐着我那辆面包车，经板桥，走津港路，一路风光地来到位于八里台村的骨灰堂，那是她的新家。

娘月亭

何正良

又到中秋，月儿又圆，我又想娘了。

中秋之夜，我回到流沙河老家，坐在屋后山上为娘建的“娘月亭”上，明媚柔美的月光尽情地挥洒在四周的山林。娘在对面竹山里永远地睡着了。远山近黛、层层叠叠、树影婆娑，朦胧中好似娘正微笑着向我走来。我与娘、亭与月、故乡与边塞……

娘十五岁嫁入何家，那时家中仅有两间破旧的茅草房，真是徒有四壁，一贫如洗，烂木板床上的补丁蚊帐都是娘用稻草搓成的绳子撑在四根竹竿上。为了撑起这个家，娘白天忙农活儿，夜晚在那盏煤油灯下做着永远也做不完的针线活。我们十口之家的衣服鞋子几乎全是娘一针一线缝缝补补做出来的。娘每晚熬到深夜，再挤到一堆儿女睡觉的床上，生怕哪个睡不好，一会儿给我盖被子，一会儿抱起妹妹，常常一晚上睡不到两个钟头，以致后来长期神经衰弱。

20世纪60年代常闹饥荒，娘四处筹米借粮，有时家里只剩下几把碎米子，娘磨成粉放水里煮成粥，从阿婆（奶奶）、爸爸分起，再到六个儿女，轮到自己时锅里什么也没有了，娘只舔舔沾了一点米粥的饭勺就算是一顿饭。记忆最深的是，每当我年幼的弟弟妹妹因饥饿哭喊时，娘就宽衣把奶头塞到弟弟妹妹的嘴里，有了娘的奶头，弟弟妹妹再也不哭闹了。我们每个兄弟姊妹吃娘的奶水都吃到两岁左右，吮吸得娘脸色发黄、消瘦乏力。娘就是这样一把屎一把尿把我们六个儿女抚养成人。

家贫本来是读不起书的，但娘常说："养崽不读书，犹如养只猪。"不管多苦多穷，娘也要想尽一切办法送我们上学。记得1975年我收到高中录取通知书时，父亲发愁五元四角的学费，不想让我继续上学了。娘就带我白天黑夜地挖香附子（一味中草药），加上平时攒下的鸡蛋，共卖了二元四角钱。娘把钱送到学校，请求学校先收下我读书，而后设法补交学费。不宽裕的班主任刘老师看我娘忠厚可怜，主动捐出三元钱让我如愿上了高中，我刻苦读书，成绩优异，高中毕业就被选拔成为民办教师，之后入伍提干，努力解除家中困境。

那时候，逃荒客多，只要有可怜人到家中讨饭，娘总是要从全家人的嘴里挤出吃的给他们，并坚决留他们进屋过夜，逃荒者临别时常给娘下跪道谢。2008 年汶川地震，娘不仅自己带头捐款，还发动儿孙捐款。在娘生命的几十年里，总是想着别人的困难，乡邻送她几个鸡蛋，她要积攒鸭蛋去还。娘说得最多的一句话："世上没有哪个人是没有困难的，晓得的一定要去帮一帮，哪怕是说上一句暖心暖肺的话。有能力助人是福气啊。"

娘在世时重视中秋，说一家人就是要像十五的月亮一样圆圆满满。每逢中秋月圆之夜，娘都要带着儿女们登山看月亮、数星星。那时没什么旅游项目，赏月便成为我们全家欣赏大自然美景的最佳选择。记得大概是我十二岁的那年中秋，娘用卖鸡蛋的钱换回了十多个当时十分稀罕的宁乡工商联出品的月饼。夜幕降临后，月儿升起、繁星点点，娘牵着裹了"三寸金莲"小脚的奶奶，喊着儿女到自家茅草屋后面山上的一块晒谷坪上，老人坐到竹床上，晚辈一屁股坐到地上，娘分给我们一人一块月饼，每个人都吃得喷香喷香的。这时，娘就要给我们讲传说、讲古人励志的故事、讲外婆的故事，我们倚在娘的身旁，趴在娘的腿上，靠在娘的身上，听娘喋喋不休地讲这讲那，那种温馨、那种甜美、那种无忧无虑……至今忆起仍让我心里暖暖的。记忆里，几乎在家的每个中秋之夜，娘都要带我们到屋后山这块坪上赏月怀古。

还有一个无法忘怀的中秋之夜，是1977年，那时我高中毕业就参加修建大型水利工程——宁乡田坪水库建设。我个子不高，但能挑一百多斤的担子，我每天从田坪水库指挥部步行约八公里挑水泥到排门渡槽，挑满一千斤算一个工日。这活很苦很累，手脚都被水泥浸烂裂血口，但我愿意干，因为可以在干活时捡点包装水泥的牛皮纸。我每挑一次水泥，都细心地从水泥堆里捡出牛皮纸放到住处——一个肖姓老乡的猪栏屋棚顶上。中秋之夜，我把捡的牛皮纸卖给杂货铺，换回了九个白面馒头。当时馒头也是我们家的稀罕物。我请了假趁着月色一路小跑赶三十多里山路送回家。当时娘正和亲人们坐在屋后山晒谷坪上，娘接到我拿回的还带有热气的馒头，泪水就流下来了。她心疼地摸着我的头，又端盆水帮我清洗因搬运水泥被浸烂的双手。之后，娘带着大妹福香送我回工地。一路上我牵着娘的手，走在月儿照耀的山路上，虽然非常劳累，但在不知不觉间就走完了三十多里山路。娘将早已准备好的月饼一点点塞到我嘴里，这个夜晚呀，崎岖的山路感觉是那样的平坦，月儿是那样鲜亮，心儿是那样醉人，世界是那样美妙……

“人不出门身不贵。”娘就是用这句话劝导父亲同意我放弃教师岗位参军入伍的。我从长沙乘闷罐车一路西行，过武汉、经郑州、到西安、出兰州、穿越杳无人烟的河西走廊，七天七夜终抵吐鲁番，再乘十余天的大卡车终到西北边陲重镇——喀什。正所谓“走马西来欲到天，辞家见月两回圆。今夜不知何处宿，平沙万里绝人烟”。我被分配在英雄集体——曾被毛主席嘉许的“进藏先遣英雄连”——36127 部队一连。当时正值对越自卫反击战开战，战备训练异常艰苦，我所在的部队是负责中印边境戍边守卡的，新兵训练结束不久即奔赴喀喇昆仑高原执行任务。被称为“万山之祖”的昆仑高原，平均海拔在五千米以上，冰雪覆盖的山脉占百分之四十多，是地球上除南北两极之外最大的冰雪之乡。这里一年中有八个多月大雪封山，使我们的哨卡与世隔绝，我们吃的是脱水干菜和压缩饼干。但为了祖国的安宁祥和，我们在这“风吹石头跑，氧气吃不饱，六月飘大雪，四季穿棉袄”的高原寒区搏击艰难困苦，挑战生命极限，忍受孤独寂寞，无怨无悔尽责。艰苦环境尚可强忍，而每逢夜晚尤其逢年过节最最难抑的是思乡想娘。每年到了中秋，我都要将不舍得吃的铁皮盒橘子罐头朝南摆上，举起右手向天地行军礼、向明月行军礼、向娘和亲人行军礼。我知道，这个晚上的这个时辰，我的娘肯定在屋后山晒谷坪上朝西摆了月饼在祈求天地神灵保佑她远行的儿子工作顺利、安康吉祥。我和娘关山阻隔，天各一方，我也是在这“万山之祖”的高原，拜请头顶上共拥的这轮圆月千里万里寄相思，转达对娘、对家乡和亲人的想念。我常在哨位旁呆呆地望着茫茫天宇，望着远处的雪峰群山泪流不止，时不时大吼几声：“娘，您都好吗？崽在高原边防想念您哪！”“娘啊，您要保重好身体，要等着儿子回来报答您哪！”

在西北从军的十三个年头，娘亲手给我写过近四百封家书，封封都是我的精神食粮。有一年在喀喇昆仑守边，大雪封山解冻，邮包送来时，一次竟收到娘的二十七封亲笔书信，我在这期间也正好写了近三十封书信托邮差寄出，真可谓母子连心。我在边疆还收到娘一针一线纳就的五十三双鞋垫和十一双布鞋。我自参军至今，走戈壁、越沙漠、闯昆仑，之所以历经危险而没有倒下，是因为一个朴素的信念在支撑着我：一定要挺住，一定要发奋，一定要做出样子为娘争气，报答娘的厚爱。

1983 年年初，戍边守卡四年后，组织上批准我探家，从乌鲁木齐上了火车就抑制不住兴奋，五天四夜到达长沙，一路上几乎没怎么睡觉。当我突然出现在屋前山坳上时，娘正挑着一担水往家走，听到我急促的喊声，娘水桶一丢，急匆匆往山坳奔来。我喊娘，娘喊崽，我们高兴得哭成一团，娘就像小时候带我赏月一样把我搂在怀里抚摸着，不停地说：“我的崽回来了，崽受了大苦了，崽有出息了。”

探亲的日子，天天伴着娘，娘问得最多的是我在边防的生活，我尽量拣好的讲，但看到我因高原折磨而不到一百斤的黝黑的身体，娘就心疼起来，总是说：“娘让你去了那么苦的地方，娘对不起你啊！”之后，娘的家书就多了一项内容，问我何日能还乡。“江水三千里，家书十五行。行行无别语，只道早还乡”道出了我娘这一段时间的内心渴望。我从中更深刻理解了母爱的内涵。情感的力量是无穷的，离娘越远，就越是想着怎么报答娘。月夜、高原、哨卡，我常常凝望着家乡的方向，在心底喊着娘，“十月胎恩重，三生报答轻”。我没有辜负娘的一片苦心。我考入军校，先后一百多次立功受奖，我的每一张立功喜报都给娘带来万分的喜悦。

1991 年，在组织的关怀下，我调回湖南省军区机关工作——离娘只有两小时车程。尽管我已结婚成家，但每次回到家里，娘都给我煨鸡蛋，依然像照顾小孩一样疼着我。

娘曾说，尽管身体不好，也要等正良崽五十岁以后才能走。往年我生日一般都要陪着娘，但 2010 年我生日这天要组织一个重大活动无法回去。娘一大早要妹妹拨通我的电话，哽咽着说：“崽呀，今天你五十岁了，娘不能到长沙为你过生日，你工作压力大，半百的人了，要晓得照顾自己呀！”并让妹妹将一只炖好的土鸡从乡下送到我家里，同时交给我一万元钱。说我平时节俭，要我自己去买一件好一点的衣服穿，留作念想。万万没想到的是，就在我五十岁生日的第二天，娘就撒手西归了。娘才七十三岁啊！

我们兄弟姊妹合计，请了乡里两位土工匠，在屋后山上原来娘初一、十五烧香磕头、中秋带我们赏月怀古的地方，建起了一个亭子，名曰“娘月亭”，并题联于亭子两侧柱上：

娘如月毕生辛劳甘洒光华照儿女，

月如娘无怨付出愿扬清辉耀乾坤！

今夜，月华如水，您回来吧，和您的儿孙们一起到“娘月亭”来赏月、吃月饼吧！

爷爷

李鸿

深秋的小镇，天空是明晃晃的蓝，爷爷坐在临河的石屋里，一身灰色对襟薄衫。

爷爷今年九十四岁，在世上快要走过百年，那是一件很不容易的事。他总是对奶奶说："我还想多活几年。"奶奶说爷爷："能活到这把年纪已经不错了，想那么远干吗？"爷爷摸摸胡子，张着没牙的嘴，呵呵地笑了。奶奶比爷爷小一岁，九十三岁，却比爷爷瘦弱多了，小小的个子，驼着背，喜欢穿一件蓝色粗布马甲。

春天的时候，龙浦河里的水清凌凌的，奶奶把门前的石子路清扫得干净极了，然后一个人坐在那里剥蚕豆。蚕豆碧绿绿的，放在白瓷盆里，白色配着这抹嫩绿，映出鲜美的色泽。一群小鸡围着奶奶，争抢偶尔掉下来的小蚕豆，爷爷看着奶奶剥蚕豆，也不过去帮忙，一个人悠然地坐在椅子上，戴一副老花镜，看一本被他翻得发黄的医书。争食的小鸡偶尔会跑到爷爷的脚边，爷爷“嘀嘀”几声，就听到一串细碎的脚步声，小鸡又会围到奶奶的旁边去。

爷爷年轻时是中药铺里的小学徒，自认为对中药很懂，中药的一些品性、作用，爷爷记得特别清楚。每次感冒吃药，会把说明书看了又看，认为不可以吃的药，他是绝对不吃的。奶奶就说他：“你这糟老头，医生的药能毒死你吗？”爷爷哼哼唧唧，握着那张薄薄的说明书，看着里面的蝇头小字，就是不肯吃药。爷爷说里面有黄芪、党参，吃了不顺气，真是拗得很啊。

爷爷是无辜的，执拗是他的性格，家人给爷爷买了一台洗衣机，小天鹅的牌子，放在卫生间，刚开始爷爷特别兴奋，看洗衣机里的水哗哗地滚动着，洗涤、脱水，衣服拿出来干干净净的，晒干后还有着淡淡的洗衣液清香。后来，爷爷把洗衣机用一块蓝色的布帘遮盖起来，爷爷说这洗衣机浪费水，一桶一桶的，哗哗地流，心疼着呢！他更愿意去河里打水洗衣，篮球改装的小桶被爷爷攥在手里，一根绳子细长细长的，“咚”的一声，爷爷把桶投到河里，河水荡起一阵涟漪，从河里提上来，水会洒出去好多，但爷爷却开心极了，一个人不停地打水、提水。奶奶说他“吝啬鬼”，爷爷也不答话，洗衣服就是不用洗衣机。

爷爷喜欢把衣服泡在那个大木盆里，盆里蓄满清凉的河水，衣服被水浸透后，用肥皂把衣服的边边角角都抹上，然后用刷子刷，先是慢慢地刷，直到泡沫把衣服涂满才用力刷，白色的泡沫轻飘起来，爷爷这才把衣服重新浸在木盆里，用手不停地搓，直到水里没有一点泡沫，拧干，抖开，晒在河边的那根绳子上，风吹过来，衣服在阳光下呼呼地飘动着，爷爷做这件事时非常认真，你绝对看不出这是一个九十多岁的老人，看着爷爷把晒干的衣服平放在桌上，然后弯腰认真细致地叠起来，暮光里的剪影特别让人感动。

初一、初六是小镇赶集的日子，龙浦河成了热闹的场所。大清早河里就会有船只来往，“吱呀、吱呀”的摇橹声，惊醒了两岸的居民，木匠铺会把做好的凳子、椅子、扁担、箩筐摆放出来，箍桶匠、修锁匠也挑着担子出来了，打铁匠的火炉红红的，裸露的胳膊闪着油亮，那个算命的盲人阿公提着一只鸟笼也来了。这一天，爷爷是兴奋的，他会早早坐在门口，跟赶集的人打着招呼说着话，有时也会站在隔壁的木匠铺里，看他们认真细致地雕刻着，把那么一根粗糙的木头凿出美丽的花纹。直到集市散去，奶奶做好饭，爷爷才会移步回家。

爷爷奶奶的年龄加起来有一百八十七岁，这在小镇上还是很少见的，龙浦河两岸的邻居有的老伴儿早没了，孤独地一个人生活着。有的虽然相依着，比起爷爷奶奶还是小那么几岁。冬天的时候，街上的梧桐叶寂寂地飘飞着，小镇渐渐冷起来了，爷爷穿上爸爸当兵时给他的那件军大衣，整天窝在家里，很少出门了。一天黄昏，爷爷突然听到隔壁忙乱的脚步声，那种声音让爷爷心慌，出去一问，才知邻居爷爷生病了，家里人正忙着送医院呢。夜幕里，医院救护车的声音有点刺耳。一小段日子后，一直没见那位邻居爷爷回来。爷爷每天若有所思，我不知他在思考什么，直到有一天，爷爷看到邻居家一脸凄然，门口椅子上放着个暗红色的盒子，才喃喃地念着：“怎么躺着躺着就像烟一样没了呢？”爷爷看着看着就老泪纵横。那盒子四四方方的，没有特别装饰，冷冷的，上面罩着一把黑伞，是遮另一个世界的风霜雪雨吧。他不停地叹息着，人死了，就剩下这么一点点灰，真是生不带来，死不带去。接连好几天，爷爷没有了往日的神采，他歪坐在那把旧旧的竹椅上，椅子的藤条泛着暗亮的光，这光亮衬着爷爷的脸，让爷爷看上去特别苍老。这个时候，奶奶不同于爷爷，奶奶就会说，人都是要死的，我们都活这么久了，还怕什么死啊，眼一闭，脚一伸，就是一世啊。爷爷不说话，看着屋前的河水沉默着。

不久，爷爷病了，吃什么吐什么，奶奶慌了，打电话把姑姑、伯伯们都叫来，爷爷躺在床上，眼神无力。伯伯说去医院吧，爷爷执意不去，他说想明白了，反正都要死的，这把老骨头没什么可怕的。他说这话时，其实是半真半假的，伯伯他们清楚爷爷的想法，于是，也没等爷爷说更多的话，就把爷爷送去医院，挂了几天的针，吃了几服药，爷爷的气顺溜了，饭也吃得下了。从医院回来后，爷爷突然悟透了似的，不再沉默，不再无言，整天开开心心的，还莫明其妙地爱上了看电视。看地方台的讲白搭，那些家长里短、古话老话，一字不漏地听着，看到开心处，会一个人张嘴开心地笑着，那么开心。

我知道爷爷是想开了，死亡其实也没什么可怕的，重要的是当下，只要爷爷开心地生活着，就是我们最大的幸福。

家族里最后一位大家闺秀

万红英

很小的时候，我就认识了姑奶奶。在我眼里，姑奶奶一直是个普通的农村老太太。刚上初中那一年，曾因故回老家读过半年书。那时候走亲戚，要么是往东，走毛家巷子外婆家；要么就是向西，到高家畈姑奶奶家。那时候，从没发觉姑奶奶有什么与众不同之处。直到今年中秋父亲新亡后，我回老家陪母亲过节，才第一次惊奇地发现，我那八十五岁的姑奶奶竟然能识字！

这一发现非同小可。耄耋之年的农村老太太能够读书识字的，真是凤毛麟角。我立刻像哥伦布发现了新大陆一样，缠着姑奶奶刨根问底。这一刨不打紧，不曾想竟然刨出家族里最后一位大家闺秀来。

原来，我的姑奶奶也是曾祖父的学生，而且是仅有的一位女学生。二十世纪三十年代，私塾里女学生甚少，只有家境好并且思想开明的人家才会送女孩子读书。姑奶奶是曾祖父的小女儿，不仅生得端庄秀丽，且聪明伶俐，性情贞淑，深得曾祖父喜爱。因此，在开设私塾招收学生之时，除了同时教授他的小儿子我的三祖父，亦令最为宠爱的小女儿即我的小姑奶奶入塾就读。

今年清明扫墓，在三祖父墓前跪拜时，曾听父亲无比景仰地告诉我，三祖父聪敏异常，在私塾里没读几年书，就将所有功课学完，学到先生教无可教了。但恨铁不成钢的曾祖父对三祖父期望过高，对三祖父的学业始终不肯放松，最终逼得三祖父心力交瘁，十五岁便早夭而亡，着实令人叹惋。

姑奶奶二十岁才出阁，比她的两位姐姐晚出阁好几年。但姑奶奶一直到现在还很遗憾，遗憾她没能在私塾里念书念到二十岁。直到如今，忆及七十年前那段私塾生活，姑奶奶仍然无比怀念。看样子，姑奶奶是很喜欢念书的。而且，姑奶奶读书时学业成绩一定很好，这一点，从姑奶奶今年八十五岁对当年所学的《增广贤文》《女儿经》《百家姓》等还能大段大段熟练地背诵，即为明证。

一位八十五岁高龄的老人啊！记性竟然这么好，思维还如此清晰，口齿还如此清楚流利，眼神也好得出奇——不用戴眼镜也能看清字，让人想不佩服都难！读中学的时候，我也曾主动找了这些文章背诵过，但如今仅仅记得其中一些片言只语，像姑奶奶这样长篇大段地流利背诵，我却只能望洋兴叹。

姑奶奶二十岁才出阁，想来是曾祖父和曾祖母太过喜爱，舍不得早早将她嫁出去，所以多留了几年。但多留的那几年，姑奶奶却没能一直跟着曾祖父念书，全因大祖母的一句话。大祖母即姑奶奶的大嫂。大祖母嫁过来之后，看到姑奶奶竟然在私塾里跟一伙毛头小子一块念书，大感惊奇，也大看不惯，就斥责姑奶奶："一个女孩儿家，念那么多书干什么？跟我学些女红针黹才是正经，否则嫁到别人家去，什么都不会，还不被公婆骂死啊？"

一向贞淑的姑奶奶老老实实地听着，也不还嘴，一副颔首低眉的样子。曾祖母见大祖母说得在理，也不支持姑奶奶继续读书了。曾祖父虽然觉得有些可惜，但看看身边，确实没发现有哪个女子读了很多书，取得了多么令人瞩目的成就，便也不再一意坚持。

曾祖父虽然不再教姑奶奶念书，但家教依然是很严格的。有一次，湾里有人骂了姑奶奶一句，姑奶奶有些生气地问道："好端端的，你骂我干什么啊？"随即也骂还他一句。正好曾祖父路过听到了，当即责备姑奶奶不该骂人。姑奶奶不服气地说："是他先骂我的。"曾祖父教导说："你既然知道骂人不对，所以即便是人家先骂你，你也不能跟人家一般见识去骂人家。否则，你跟人家又有什么区别呢？"姑奶奶闻言，立刻涨红了脸，从此终生没再骂过人。

祖母嫁过来之后，常爱悄悄跑出去打牌，将年幼的父亲丢在家中不管。姑奶奶自觉自愿地待在家里帮祖母带孩子。一旦曾祖父发现，盘问起来，姑奶奶总是从容地替祖母打掩护。今天说："二嫂到宋家办事去了。"明天说："二嫂回张家有事去了。"次数多了，曾祖父就发现了一些端倪，欲加责备。姑奶奶仗着曾祖父的宠爱，娇嗔道："您老也真是的哦！您管好女儿就行了啦，管媳妇干吗呀？！"曾祖父一听，觉得言之有理，一笑作罢。

湾里有个年轻媳妇，又懒惰，又不孝敬公婆，很不贤惠，却老喜欢找姑奶奶玩。有一次，姑奶奶给她讲了一个真实的故事，是曾祖父说给姑奶奶的。话说附近村里有个女子，出嫁后在婆家很张狂，压根不晓得恪守一个媳妇的本分，对婆婆很不孝敬。婆婆反倒每天将她当婆婆供着，并且人前人后称呼媳妇为“婆婆”。媳妇也不知羞耻，竟泰然受之。其父知道后非常生气。有一次女儿回娘家的时候，父亲拿着锄头等在家门口，预备等这个丢人现眼的女儿回家时一锄头挖死她。待女子走到村口时，村头那户人家闻讯将女子悄悄拉到自己家里，告知详情。女子听后，立刻满脸惭愧，回家跪在父亲面前认错。其父见女儿诚心悔过，便原谅了女儿。女儿返回婆家，隔老远就高声叫着“婆婆”，诚恳认错，自此恪守妇道，孝敬公婆，成为远近闻名的贤惠媳妇。年轻媳妇听后有些动容。姑奶奶趁机念《女儿经》开导她：“女儿经，仔细听。早早起，出闺门。烧茶汤，敬双亲。勤梳洗，爱干净。学针线，莫懒身。父母骂，莫作声；哥嫂前，请教训。火烛事，要小心。穿衣裳，旧如新。做茶饭，要洁净。凡笑语，莫高声。人传话，不要听。出嫁后，公姑敬。丈夫穷，莫生瞋。夫子贵，莫骄矜。出仕日，劝清政。抚百姓，劝宽仁。我家富，莫欺贫……”那媳妇一听，顿如醍醐灌顶，恍然大悟地说：“哦，原来当真还有这样的书啊——这经里面果然字字句句都是教导我们如何做女人的！”在姑奶奶的影响下，年轻媳妇日渐转变，其夫家越来越满意。

曾祖父虽然不愿出仕，但因曾祖父的人品及学识，官场上也不乏一些敬重曾祖父的朋友。姑奶奶嫁到高家畈严家之后，曾祖父的一位在县里做官的朋友知道曾祖父最宠爱这位姑奶奶，想关照姑奶奶，给姑爷爷在县城谋一份文书的差事，便叫姑爷爷去县城面试。但通过一番简单测试，朋友没看中姑爷爷，还说，如果姑爷爷有姑奶奶一半的学识就好了，可惜，旧时的衙门里不录用女子。

姑爷爷一生务农，没什么大的作为。这样，家族里最后一位大家闺秀，便只能放下身段，嫁夫随夫，一辈子过着面朝黄土背朝天的生活，经年累月淹没在柴米油盐中，做一名最普通的农妇。母亲说，因为姑奶奶性情好，人善良，常常是“人善被人欺”，一生也吃了不少苦头。但因为牢记曾祖父的教诲，她隐忍，谦让，不仅从不与人斤斤计较，而且以德报怨。无论遭遇怎样的不幸，都能从容面对，恬淡自如，显得那么云淡风轻。

我想，这，可能就是一个大家闺秀的品质吧。

欢聚在傣家竹楼

——记文学大师丁玲暮年远赴西双版纳

冯永祺

丁玲走过魍魉世界，走过风雪人间，“昨日文小姐，今日武将军”，文坛驰骋又戎马倥偬。人生之路走了好多年，黑发走白，双膝走僵，走成“丁老”，还无倦怠，还走，走出一个人生四季冬天里的春天，长长无尽的春天。

1982年，她七十八岁，满头白发，身有重病，她继续走。老伴陈明伴她向云南边疆走来，踩着春城罕有的积雪。这次远行，春城不是最后一站，她要到西双版纳，向云南边疆走去，走上傣族老歌手的竹楼。

她的腿脚确实老了，行路艰难，她完全可以不走，安居北京木樨地那高楼，一样有八面来风，有四海文汇。但她的心总惦记馨香的泥土，思念北大荒的“杜晚香”，西双版纳的“康朗甩”，她情不自禁要走向他们。她心有余而力不足，她的好伴侣陈明助她一臂，两人相携相搀，千山万水再难也难不住他们。

丰田越野车底盘高，上上下下，丁玲脚下总会冒出一个垫脚的小凳，助她一步，总有陈明在身旁有力地一托。自自然然，无声无息。

康朗甩是在文代会上认识丁玲的，已有三十年不见。听说中国作家协会副主席丁玲来到景洪，急忙托人带信给丁玲：“我明天来看你。”

丁玲对来人说：“你告诉他，我明天去看他。”

来人急了：“那怎么准备得及？”

丁玲笑道：“就是要给他个突然袭击，叫他准备不及。”

来人掉身就走，“咚咚咚咚”，楼梯像擂鼓。

陈明说：“好，通风报信去了，算什么突然袭击。”

丁玲拍着手叫：“那怎么办！”觉得有了好主意又叫：“陈明，我们多买几瓶酒送去，帮他准备。”

陈明点头称赞：“好主意。”

猜不准丁玲“明天”啥时候到。康朗甩早早就迎候在村口，眼睛望着大路，心里在复习汉语。年过古稀，记忆衰退，学得不多的几句汉语，忘了大半，搜索枯肠，似乎又想起一些词句，抓紧默念了一遍又一遍。

他虽然还是西双版纳“赞哈”（意为歌手）协会主席，但年纪大了，已不去管事，很少出村，因为要恭迎贵客，昨夜特地找出早已不穿的一双三接头黑色牛皮鞋，却不知鞋带何时断了、丢了，临时配备来不及，擦了两把，穿上了。又将一件在箱子里压得皱巴巴的蓝色涤卡中山装找出来，衣服当胸缺了两颗扣子，临时配不着合适的，就这样穿上了。

热情好客的老歌手康朗甩，打扮一番，站在村口。丁玲到了，从车上下地，刚站稳，康朗甩走过去，接住丁玲伸来的手，紧紧握住，嘴里忙用汉语说：“你乖，你乖。”

怎么“你乖，你乖？”

丁玲一愣，想想明白了，笑出声来，紧握老歌手的手，说：“你也乖，你也乖。”

陈明也明白了，以惯有的幽默笑对大家：“大家都乖！”

只有老歌手不明白他把“好”错说成“乖”了。他跟着陈明，诚诚恳恳老老实实地连声地说：“大家都乖，大家都乖。”

丁玲笑了，陈明搀着她打趣道：“快乖乖地跟着走。”

一路笑声进村寨，上竹楼。

澜沧江边，绿竹丛中，康朗甩的竹楼木板楼梯无扶手，陈明搀着丁玲如攀悬崖峭壁，勇敢地到达“顶峰”。火塘边摆满傣家竹篾小凳，凳子不高，一大一中一小，三个篾凳摞成一个高凳，膝关节僵直的丁玲落座，不高不矮正合适。陈明微笑，是他眼疾手快，见机行事，使丁玲在竹楼上和康朗甩一家欢聚，能够坐一天。

竹楼正中两张矮矮的小篾桌上是熬夜蒸好的漆黑油亮粒粒如黑珍珠的紫糯米饭，煮得白白胖胖的带壳花生，砍成一截截又粗又嫩的水果甘蔗，橙黄色堆成小山的芭蕉。

火塘边，杀好的鸡正下锅，雪白的椰肉也随鸡下锅，剖好的鱼已经缠好香茅草，只等架在火上烤。

陈明站在高高坐着的丁玲身后，扶着丁玲的两肩笑她：“这就是你突然袭击的结果。”

康朗甩一家忙了一整夜，不忙他心里不舒坦。客人不多多地吃下准备的东西，他认为是看不起他。他高兴极了，为了尊敬的客人，他努力说汉语，指着小篾桌招呼大家：“请西（吃），请西（吃）。”

见丁玲首先用手掰下一团紫糯米饭吃起来，康朗甩更高兴了：“快‘西’，快‘西’！”笑看大家“西”。

丁玲患糖尿病多年，视力已严重受损，遵从医嘱，对饮食有种种限制，吃多一点，血糖升高，发病；饿了不及时进食，血糖下降也发病。她曾在国外一次讲演时就发病昏倒。

经不住紫糯米饭的诱惑，丁玲吃下一小团又伸手去掰，吃下第二团。康朗甩那“再‘西’、再‘西’”的热情劝“西”声，使她忍不住伸手要掰第三次，她知道陈明在看着她，像个孩子，请求道：“我再吃一小点儿。”

“乖乖地住口！”陈明举起食指点一点。

大家明白陈明的关心，笑着吞咽着，丁玲乐了，不情愿地“住口”。

康朗甩不明白，催促她：“‘西’呀，快‘西’呀！”

陈明说："她想'西'，不敢'西'呀！我帮她'西'。"

康朗甩不明白，抓起一大把煮花生递到丁玲手里劝道："三中全会开了，好政策回来了。紫米有了，花生有了，样样有了。你们不'西'，我们不高兴。"

他说："那些年割资本主义尾巴，样样是尾巴，紫米是尾巴，割了，花生是尾巴，割了，样样割得没有了。"

他费劲地说着汉语，一片热忱。丁玲要他介绍他一家。傣族规矩，有贵客到家，嫁出去的女儿，住在外村的儿子都要回家老小一齐待客。

有人可当翻译，康朗甩仍坚持自己用汉语介绍："她是我老婆。"（他想到汉语有这句话）人群中最年长的一位傣族妇女应声含笑点头。

康朗甩指着一个穿西服的中年男子，想了一想一字一顿地说："他是我老婆的哥哥的女儿的爱人。"

他不知道汉族叫这是内甥女婿，七绕山八绕水，平日灵巧的如簧之舌，短了三寸，模样憨直滑稽，不仅逗乐了全体来客，连他那不解其中意趣的家人也跟着"嘻嘻”笑。

风乍起，竹楼四周的果树、绿竹前俯后仰也“呵呵”大笑。

康朗甩明白大家笑什么。他还说汉语，边说边笑。

丁玲快乐，大叫陈明：“老陈，我们在这儿盖一幢竹楼，把户口转来，再不回去，好吗！”

陈明大声应道：“好呵，就把竹楼盖在康朗甩的竹楼隔壁，天天来‘西’他家的紫糯米饭，好吧！”

笑声中，老刀上楼，他是应邀来为康朗甩吹筚伴奏的，一见他手里握着的那只金黄色的筚，康朗甩眉开眼笑，如鱼儿见了水，流利的傣语如澜沧江奔泻，婉转抑扬。傣语如歌，不知他说了什么趣话，凡听懂的人都咧嘴乐。

吹筚手来了，歌手像长了翅膀的八哥，扑棱着翅膀，要开怀放声一唱了。

大家搬到竹楼回廊上去，竹篾小桌已拼成长案，数十人团团围住丁玲和陈明。丁玲继续坐在“三凳合一”的篾凳上，“高人一头”。她和陈明带来的酒已流进爱酒的傣家人的酒碗。康朗甩仰头一饮半碗，酒兴上来，歌兴上来。老刀的筚吹响了，“嘤嘤”的声音，像微风轻抚竹梢，露珠滴落蕉叶，小鸟掠过清波，竹楼屏息静听。

在竹筚如吟如诉的过门之后，康朗甩举起折扇，半遮住脸，唱道：

比金子宝贵的是汉族兄弟的情谊，

比银子坚贞的是傣族兄弟的爱心；

请把我的竹楼当作你们的家，

像孔雀公主一样飞来吧，再不要远行。

……

要唱就唱得太阳升，要听就听到月亮落。

傣家人说：“生活里没有赞哈就像吃饭没有盐巴。”

丁玲说：“陈明，我们听康朗甩唱到月亮落。”

陈明笑应：“好，听到月亮落，太阳升。”

康朗甩唱一段，有人替他翻译一段。他“老婆哥哥的女儿的爱人”等，“水、水”之声此起彼落，欢呼不已。

丁玲懂了，“水、水”就是“乌拉、乌拉”，也不时叫几声“水”，给康朗甩提劲。

傣族歌手唱赞哈调，有基本旋律，不同歌手音色各异，随着所唱内容，变化之间能形成个人不同风格，康朗甩唱得苍劲古朴，即兴发挥，严肃中不少幽默。

听他唱了一阵，丁玲问现在傣族是哪些人爱听赞哈调？对内容各有什么偏爱？西双版纳赞哈协会有些什么活动，是不是能帮助赞哈提高演出质量？她说赞哈的传统节目丰富，用诗一样的语言演唱古老动人的故事，群众喜闻乐见，是赞哈“保留”节目，是不是还应该多创作一些现实生活的故事，语言花样翻新，既是傣族的又不只是“陈词”，争取拥有更多的听众，尤其是赢得年轻人的喜爱。

康朗甩从中山装口袋里掏出一张写得密密麻麻的信笺，脸色沉重地递给丁玲，说：“副主席，这是我的检讨。”

检讨是用傣文写的，丁玲看不懂，听他慢慢说。

赞哈的演唱遭遇挑战。境外赞哈过境来唱，模样好比“糯沾巴”（西双版纳一种很美的花）。

有一次，康朗甩应邀去参加“贺新房”，主人还请了境外一位年轻女赞哈，女赞哈不唱时活泼热情与人谈笑风生；唱起来时，从半遮半掩的扇子背后露出一对星星一样亮晶晶的眼睛，唱到喜时笑吟吟，唱到悲时泪汪汪。康朗甩从没见过赞哈演唱有一双不用遮住的传情传意的眼睛，立即自觉老眼浑浊，老脸丑陋，歌声也不清亮，第一次领略了怯场的苦涩。

女赞哈先唱，听众"水、水"喊声如雷。女赞哈唱得得意，全然不顾有西双版纳赞哈协会主席、傣族著名老赞哈在场，先声夺人，唱了又唱。

康朗甩上场唱时，他的"基本听众""水、水"喊得真心实意，但与前场相比，就显得欢呼零落冷清，他顽强坚持着，竟发觉场上年轻听众交头接耳，移心别用。他的演唱对有些人已不具吸引力了！

他没有多唱，草草退下，却发现"水、水"声惊天动地，欢呼雀跃。那是欢送他退场，欢迎女赞哈上场。

女赞哈光彩照人再次登场，并邀康朗甩即兴对唱情歌。康朗甩进退两难，不等他开口，女赞哈就唱起来。开始还好，越唱越不雅，待康朗甩发觉停唱时已被逼应对了几句不雅之词。获得这天演唱中音量最大，喊叫人数最多的"水！"

他把这当作自己几十年演唱生涯中的"失足"，深感愧对各方，就写检讨。

他用傣语叙述，翻译也极流畅。

丁玲默默听着，既理解又同情，听完说了许多建议。归根结底要创作好作品，唱出好质量。

陈明估计她说得差不多了，轻言细语提醒："老丁，你让不让大家喝酒'西'肉呀！"

康朗甩说感谢副主席。

丁玲挥手制止，笑说自己只是个作家也就是个写家，给老朋友提点供参考的建议。她请康朗甩叫她老丁。康朗甩却一迭连声喊："丁老，丁老！"

丁玲笑道："那我就叫你康老，康老。"

陈明反手指自己："这儿还有一个陈老！"

于是，大家互相敬酒，傣家人爱酒但少有海量，一杯下肚就酒意上涌。对我，康朗甩举杯喊道："小冯，干杯！"这是他几十年前对我的称呼。

我举杯说："老冯敬康老一杯。"

他认真打量我几眼，似有所明白，举起酒杯，舌头转动不灵地改口：“小老冯干杯。”

他一定认为我确已不小，但又不能和他平分一老，就发明创造一个“小老冯”。

丁玲大乐，康朗甩也为自己的创造发明大乐。

欢乐聚会直到太阳落，月亮升。

康朗甩一家滚雪球似的带动全村老少男女组成一支浩荡队伍，送丁玲、陈明出村。走到车前，康朗甩左手拉住丁玲，右手拉住陈明，喃喃再三：“我们永远在一起。”

丁玲、陈明齐声说：“永远在一起。”

丁玲上车，村人簇拥汽车，车不能开动。

她将头伸出车窗，一只手挥了又挥，嘴里说了又说：“永远在一起！”

人总要分别。车复又上路。

丁玲转身向后，举双手挥舞：“永远在一起。”

陈明伴她翻山越岭，从南到北，漂洋过海，继续前行。几年后在北京见到丁玲，丁玲问康老如何？赞哈协会工作如何？赞哈演唱情况如何？

想到康朗甩那句“丁玲你乖”，她深情怀念“康朗甩这个好人”。

笑托我祝康朗甩“全家乖”。

我再次在西双版纳见到康朗甩时，他已年近八旬，很少下楼，不知丁老已乘黄鹤去。回忆那次聚会，重叙丁玲对赞哈的建议，嘱咐我请丁老再来。

丁玲会再来的，陈明在告别人世的伴侣耳边悄悄说：“老丁，慢慢地走！”

丁玲那颗永远年轻、永远活着的心想念朋友，她一定会慢慢地、慢慢地迈动老迈、僵直的腿走向西双版纳，走向……

婚礼，在南柯南巴

黄豆米

一

这个完美的下晚，我们顺水行走了大半天的小机船在江边的荒滩靠岸，今夜只有这里可以过夜。我和金武与这个只有童话世界里才有的名叫南柯南巴葱的荒滩，就这样邂逅。

南柯南巴是西双版纳热带雨林中一处荒无人烟的河滩，碧绿的罗梭江汇入澜沧江的地方，居住山上丛林中的爱尼人管它叫“南柯南巴葱”，澜沧江从这里再流几十里出国境，名字变成“湄公河”。

二

金武和我办完结婚手续第二日直奔西双版纳而来。两人都没积蓄，兜里没几个钱，只有逃离都市，投靠金武在版纳的朋友们。我们就这样一无所有、无忧无虑、快快乐乐来到西双版纳，要去的第一个目的地是中国和老挝两国交界地的大森林，那里有朋友在垦荒，去那里的直路是从西双版纳州首府景洪乘船，顺澜沧江而下到南柯南巴，而后弃舟上山，所以我们从景洪港乘上朋友的一条小机船往那儿去，时间是一九八九年正月十五。船长姓叶，是金武在西双版纳的好友之一，船上另有三名年轻水手和两个做杂活的姑娘，还有船长的一只叫鸡——长得如鸟一样小巧、羽毛美丽的雄野鸡。同船来的还有金武的另一位朋友，即我们投奔他而去的老荒，他从山里来到景洪接我们。江两岸是绵延无尽头的原始雨林，我们的船虽说是顺水行舟，由于一路暗礁险滩不断，八十里水路从清晨走到下晚。

船在南柯南巴靠岸之际，夕阳灿烂，沙滩闪闪发光，一片炫目的金色，没有人迹的沙滩上十分干净平坦，除了潮汐冲刷出的长长的水纹，什么印迹都没有，我们一船人上岸，才印下了人的足迹，踏在大自然才铺就的崭新地毯上，我情不自禁脱了鞋，让金武也光脚板，拉着他踏沙，走出一段路后转身回望，只见两行脚印歪歪斜斜印在空旷的沙滩上，蓦然间见两个人的脚印就这么清晰地印在一起，先是吃惊，继而觉得有意思极了：好像印在大地上的结婚照。

此刻展望澜沧江，恰似一条缓缓流动的金汁水，我看不出它朝哪里流来，往何方流去？岸边的攀枝花怒放得如一树树绯红色的云朵，山坡上的竹林被余晖染成一团团、一簇簇的金红彩霞，到处激情四射，迸发着绚丽的光。而此际的罗梭江却一派清幽：这条水流湍急的小江，清澈碧绿，沿岸成排的大树杜鹃，白色杜鹃花开满枝头，花树后面的森林黑压压的，衬得杜鹃花格外洁白鲜亮，空中的花儿与河水打起的大朵大朵的洁白浪花上呼下应，好像结伴欢呼着涌向大江、急切地把自己汇入大江洪流中去一样。我抬头仰望，四周高不见顶的山阻断了视线，江流也被隔断，外面的世界不见了，大山把这里封闭起来。开始，我还觉得这种被困的感觉挺神秘，新鲜，很好玩，不一会儿，饥饿的感觉使人从陶醉中醒来。我朝河滩边忙着准备晚餐和露宿的人们走去，问道：“这方圆几十里没人，我们这么多人，今晚吃什么？”

叶船长和水手们在罗梭江江口的水湾里捉鱼，听到我问的话，都扑哧笑了，谁也不答话，最后还是船长回我话说：“吃鱼！”

石滩那边，金武和老荒正在破竹子，他们脚下有几根刚砍来的大竹子，我走过去对他俩问了刚才的话。“江里有鱼，林中有野菜，一样都不用愁。你瞧着，今晚还要给你们俩变出婚宴来。”老荒一脸神秘兮兮地说道。

“婚宴？”我四下环顾，没有锅碗，没有桌凳，有的是空空的沙滩和石滩，也就把老荒的话当玩笑。

太阳落山，船长和水手们上岸，清点在沙滩上挣扎的鱼，鱼又大又肥，还各不相同：有长胡子鱼、青鱼、黑鱼、鲫鱼、鲤鱼和长得像个南瓜一样的面瓜鱼，大家围着数来数去，竟然有六对鱼，其中最大的一对是鲤鱼，一大一小，大的足有二十公斤，我请水手把鱼提起来和我比高矮，大的有我的肩高，小的到我的腰际。我和鲤鱼比高之际，大家边悄声议论着，边嘻嘻笑成一团，原来，他们说怎么那样巧，六对大鱼一公一母成双成对！我在此之前，没见过大江，也没见过江鱼，更谈不上有区别鱼雌雄的常识，也没有想过大家的话是真是假，一听到“大鱼一公一母成双成对”的话儿，脸红了，心里暗自嘀咕：成双成对的鱼儿？也许是巧合，也许是别的，谁也说不清，不过，这大概是一个爱情的季节。

石滩上摆开了从船上搬下来的罗锅、糯米、盐和米酒，这里就变成了厨房。柴火应有尽有，都是被江水冲上岸后晒干的树杆。地上的石头被潮水冲刷得光溜溜的，有圆有椭，或平或凹，我们用这些光洁可爱的石头支罗锅煮鱼。煮米不用锅，用现砍来的竹筒，把米和江水放进去，架在火堆里烧，每人一筒香竹饭。从林子里摘来的野菜也洗好，码放在竹盆（用碗粗的龙竹一破两半做的菜盆）里。竹杯削好了，每人一个。这晚餐，最忙人的是做香茅草烤鱼的准备工作：把大鱼切片，抹佐料，用香茅草叶子捆好，最后用竹片夹紧，现吃现拿到火上烤。篝火烧起来了，大家围着火堆，有的烤鱼，有的往竹杯里倒米酒，有的拌凉菜，最后佳肴摆齐，有喷香的香茅草烤鱼，鲜甜的江水煮鱼，有用野果汁、野香料凉拌的杜鹃花和“象耳朵”叶子。

“婚宴开始，放鞭炮！”老荒高声喊道。

我对老荒兑现“婚宴”的话还没反应过来之际，鞭炮响了，我暗暗笑道：还正儿八经放鞭炮呢！鞭炮肯定是他带来的，看他张罗得有模有样，真像回事。

鞭炮是在“厨房”附近点燃的，但“劈劈、啪啪”的炸响声好像是从山那边、山顶上、天空中和江的远处放过来，在这荒寂的山谷里到处回应，弄得个天地共鸣，好像是天空、大地、高山、森林、江水都来朝贺；篝火仿佛在回应，火焰一跳一窜，发出呼啦呼啦的声音，有人指着火说：“看，火笑了！”其他人也同声道：“笑了！笑了！”后来我才晓得，当地人有观火卜卦的习俗。这可太妙了，我们的宴桌是沙滩，我们的凳子是一个个被江水冲刷得打蜡一般细腻光滑的石头，我们的灯是熊熊燃烧的篝火，我们的酒杯是散发着竹香味的竹筒，我们的喜酒是醇香的米酒，我们围着红红的火，把米酒一饮而尽，吃大块的烤鱼。

畅饮到夜深，我和金武发喜糖喜烟，突然发现多了许多陌生面孔，都是边民装束的男子。我把喜糖发到同船来的人手里，发到陌生人手上，每个人都用双手接住，大家没有半句恭喜的话，手边没有带一点礼物，但我明显感觉到了每个人内心纯朴的祝福。事后我问老荒那些陌生男子从何处来？回答说是在老挝那边狩猎的人，我们在这里又烧火又放鞭炮，把他们吸引过来了。

三

空中圆月高照，石滩、沙滩和江面一片银色，大家停杯歇筷，借着月光，到树林里砍来竹子和芭蕉叶，有的还抱来白色杜鹃花，在沙滩上搭棚子。沙滩上已有个棚子，只有竹子骨架在，大家修补这个棚子给我和金武过夜。棚子侧边还有个窝似的竹子骨架，叶船长说两个棚子都是淘金人住过的，他也来这一带淘金沙，就住这样的棚子，自己淘的金子还打得几枚戒指。

竹子做梁柱、芭蕉叶做屋顶和墙的棚子好了，四周还插上杜鹃花。老荒对我和金武说："这就是你们的洞房了。我们都要回船上去睡。"

芭蕉叶每一张大得有我高，一张张叶子把棚子盖严实了。亮晃晃的月光打在鲜绿的芭蕉叶上，好似淌着薄薄一层溪水，我当真伸手去摸。

“门在这边，跟我来。”叶船长见我去摸芭蕉叶，以为我在找进棚子的地方，就把金武叫过去，挪开“墙”上的一片芭蕉叶说：“进去后，把这扇芭蕉叶挡上，就是门了。”

虽是一扇芭蕉叶的“门”，如果没人指明，我们为找入口可能会在芭蕉叶围成的四面墙上乱掀，因为每张比我高比我宽的芭蕉叶都一个样子。叶船长上年纪了，他认真示范开“门”的样子把人给逗乐——那是童趣十足的一扇芭蕉叶门，拉开芭蕉叶门的人又多么孩子气啊！

我们同船来的人都回船上睡觉去了，那些陌生的客人也回森林里去了，岸上只剩下我和金武两人，石滩上留下一堆整夜不灭的篝火，沙滩上留下一间芭蕉叶洞房。我们挪开那扇绿叶子的“门”，猫腰进去，再把“门”挡好。躺在沙子地铺上瞧洞房的四周，只见月光大摇大摆从“墙”缝间进来，踏在我们的被子上赖着不走；头上，月光如雨，从每张叶缝间泻下来，在我们的脸和手臂上任意泼洒；夜色在洞房里膨胀，仿佛到处舞动着的小精灵的薄如蝉翼、剔透的翅膀，真热闹。外面一样不冷清：远处的篝火是我们彻夜高照的红烛，天上的圆月是新人避邪的镜子，彻夜“哗啦啦”的江水声是乐队在窗下弹奏小夜曲……

四

我们被“天白了，天白了”的鸟鸣声从沉睡中唤醒，睁开眼睛，果然天光大亮，芭蕉叶的顶和墙都“漏”了，昨夜江风吹倒叶子，露出竹子的骨架，各种鸟儿的晨鸣直贯“洞房”。

听吧，“茶花两朵——”的歌声最嘹亮优美，那是两只野公鸡的啼唱，它们各在自己的领地里报晓，此起彼伏地赛唱，看样子每个的领地都不小。

有种鸟催人早起，它不停地唱“背背箩，背背箩，背背箩”。

江面上传来“叽咕咕叽”的鸟叫，金武说那是打鱼郎鸟飞过江面时发出的劳动号子声。

我们在鸟鸣声里起床，掀开被子，哈，一只棕色的大蜘蛛！我们愣了，蜘蛛也愣了，但它比我们反应快，它提起那又细又长的脚就跑，从褥子上往沙地上冲刺，我出手就要弄死它，恶心的家伙。“让它走！”金武幽默道：“它昨夜来闹新房闹醉了，躺错了床。”长脚虫才仓皇逃走，不知从哪里跑来了只小黑狗，往大洞小洞的墙上钻，老没钻对地方，头进来了，身子被竹篾条卡住，它一边小声哼叽，一边把它卡在洞房外的屁股上的小尾巴摇得飞快，一副讨好的样子。“可爱的小客人，进来。”听见我们招呼，小黑狗更急了，轻声汪汪叫，我们只好帮它选个大洞，让它进屋。我们这才明白，昨晚如果不是船长教我们打开叶子门，我们也会像这小狗一样乱钻。小狗从“墙”上挤进来，在被子上跑来跑去地到处嗅嗅，很快又挤出墙去，摇着欢快的尾巴走了。问早安的小狗朝着船的方向跑去后，我们收拾床铺，见床脚的沙地上有两个坑，那形状一看便认出是金武的脚蹬出的，因为他的身子比垫子还长，两人捧腹大笑。我们要出门了，“门”开着，那扇很大的碧绿的芭蕉叶早已倒在地上，那是风为我们事先打开的门。

晨雾未起，朝阳把南柯南巴照得澄净温馨。我们赤脚往罗梭江边去洗漱时，经过空无一物的小棚子，竹篾编的小棚子其实是前高后低、只够一个人钻进去睡的窝铺，上面可以晾晒东西。我指着这个无主子的小棚子道：“这是我们的客厅。”我们在都市里安下没几日的家很小，是小巷老四合院里的一间破旧的小阁楼，只有九平方，两扇格子门，一道小木格的玻璃窗，所以，南柯南巴的沙滩和沙滩上两个竹子棚子使我们感到阔极了。

往江边继续走去的途中，突然见沙滩上有一溜新新的兽蹄印，一头到了水边，另一头到石滩就看不见了。露宿原始森林中的江河边，见不着野兽，见到野兽留下的脚印都是件令人兴奋的事，南柯南巴这地方有人来居住过的时光十分短暂，久远以来都是动物的家园，所以凌晨从树林里出来到沙滩上的野兽，一定是来侦察在江边闹了一夜的这群不速之客，他们来干什么？

金武蹲在蹄印前仔细辨认，我问是什么动物的？答道：“说不准。”

那条挤入我们芭蕉叶墙的小黑狗使我联想到这些留下脚印的野兽，它们为什么不光临我们的芭蕉叶棚？我又问。

“乘夜色靠近别人的洞房？看来，它们身份高贵，不愿干这类事。”

五

石滩尽头有一条上山进原始森林的小路，我们弃船徒步爬山，沿这条路走。

小路没走几步就被淹没在荒草下了，路两侧干枯的草丛高得快没过我的头顶，一匹匹草叶竟然从地上长到半空，密密麻麻，透不进一丝风儿，像芦苇荡，前面有人用长刀砍草开路，我走在众人的后面还是怕有蛇钻出来，时刻担心踩到一团大蛇身上，大家安慰道：“初春蛇还不出洞，大一点的蛇和蟒蛇还在森林深处冬眠。”“草是深了些，草丛里多是小雀和野鸡，那种‘茶花两朵茶花两朵’鸣叫的鸡。”

爬完草坡，来到竹林，竹林高耸入云，在头顶形成棚顶。林中空气潮湿，弥漫着刺鼻的野兽腥味，耳际没有鸟鸣声，脚下的路不成样子，一坑一洼，好像是大动物在泥泞中踩出的印迹被凝固了似的，走得我心里直发毛。路上还出现了起干壳、有粗糙渣子的粪饼，比牛粪大得多，我担心遭遇大猛兽。老荒轻松道："野象不到这块地方来，大家伙只有野牛、马鹿。我昨晚放鞭炮，就为驱赶这类家伙，江边林子里有的话，会被响声吓跑。"一听这话，我恍然大悟，我把"婚宴"上放的鞭炮当成贺喜了！又一想，把不利驱走，不就是祝福了吗？再者，借动物家园住一宿，放放鞭炮通报一声，是做人的礼貌。

老荒接着说到了自己和叶船长一夜没睡的事，"船长拿猎枪进林子转，我守在林子边，怕野牛下山来喝水，闯你两个的芭蕉叶房。野牛没有来，下半夜见着三对绿眼睛，月光把绿眼睛照得电筒灯泡一样亮，是三只马鹿，在江边喝了一阵子水就回森林去了。船长抬枪转了转，在林子里反倒一样也没碰上。"

这是我们在雨林第一天的故事。

彼如乡村

崔玉松

上学的日子

母亲是小学老师，小时候，我跟随她度过了一段乡村小学的日子。

学校是整个大队唯一的一所小学，七个自然村的孩子都在这所学校读书。从一年级到五年级总共有近两百个学生，学校只有五位老师，除了校长王老师和母亲，其他三位都是从各个村里聘请的民办教师。

从石磨村出来，穿过一条土路，爬上一小段缓坡，就是学校的地盘了。长方形的一大块平地，是学校的操场，从操场中央穿过，登上青石板镶嵌的台阶，就是学校的教室了。教室全都是木头架子、瓦屋面，是个典型四合院，正对面那栋有两层，楼上是五年级的教室，楼下靠右边是校长的宿舍，宿舍有两间，里间是他的房间，外间是学校办公室，那个唯一可以看时间的吊钟就挂在外面房屋正对面的墙上。其余三面都是教室，妈妈带着我们四姊妹就住在左边教室最边上的角落里。

教室是用土坯建盖的，柱子和梁都是从山上砍来的树为原料，黑板也是几块木板用钉子钉在一起，刷上村里的土漆，用两个支架墩在上面。课桌更是简单，宽一点的木板钉起来做桌子，稍微窄一点的做凳子。每一套课桌可以坐四个人，一个教室有四个组，每组恰好四个人。四个人的凳子桌子都是连起来的，只要一个人在凳子上乱动，其他三人也别想写字。

农村学校的冬天好像特别冷，每天早上我和哥哥姐姐就得早早起床，把每个教室里的火塘点燃。有的时候，柴火没有干透，我们得跪下去，对着火洞口用嘴吹，直到火苗高高串起，滚滚浓烟从教室的房顶上冒出，才能回家洗脸，洗过脸还得检查一遍，用棍子戳一下上面的炭，炭才会烧得通红，学生们到学校的时候，浓烟已经散去，火塘里的火苗已经在跳跃了，教室里温暖了起来。

这个燃火的工作是我妈命令我们做的，整个冬天，无论天气多么寒冷、被子多么暖和，我妈一叫，我们就得急急忙忙起床。如果晚了，浓烟滚滚，教室里没法待人，如果太早，又白白浪费了煤炭。

学校的生活是从每天早晨的钟声开始的，伴着“当、当”的响声，寂静的校园一下喧闹起来。当时的钟其实只是一块长长的铁，上面有个洞，用一根铁丝挂在学校正面高高的柱子上，敲钟的是一根钢筋，手拿的地方弯出一个柄。

我记得早操、自习和上课的钟声是有区别的，但是究竟敲几下，我已经忘了。总之，随着早操钟声敲响，大家排好队，围着操场跑步。干季的时候，没有水，老师还会带着我们到学校后面的海坝里跑，整个无水的季节，海坝里跑出了一个明显的大圈。由于人多，时间一长，海坝里的土就被我们踩得非常结实，用荒耙都挖不动。现在想起来，我们就像一条条围着海坝游动的鱼。

对父母的尊重在农村孩子眼里就是不可以叫自己爹妈的名字，甚至同音都不可以。有一个同学，他的父亲叫尹朝阳，高老师教音乐的时候，有一首歌里有一句歌词：红星映朝阳，映朝阳……唱到这句的时候，这个同学立马把嘴闭得紧紧的，高老师奇怪了，问了很多遍他就是不说话，最后，一个邻居家的同学才举手说："老师，老师，他爹叫尹朝阳。"下课后，几个老师聚在一起，把这件事当笑话讲，我听到后，记住了同学父亲的名字，却根本记不得这个同学叫什么。

父母的名字如此神圣，调皮的农村孩子也就经常喊别人父母的名字取乐，吵架的时候喊，开玩笑的时候也喊。有一次我妈上课，讲反义词，她说"上"的反义词是"下"，"高"的反义词是"低"，以此，"长"对"短"、"左"对"右"、"漂亮"对"丑陋"、"懒惰"对"勤劳"。下课后，我妈才回到屋里喝杯水的功夫，两个男生就打架了，原来有一个男生的妈妈名叫柴小左，另一个男生在教室里大叫："你们说，柴大右的反义词是什么？"其他人齐声回答："柴小左。"柴小左的儿子一拳上去，打得那个男生口鼻流血。

由于有些事物从来没有见过，甚至没有听过，出现在课文中时，我们理解起来有些困难。记得有一篇课文是一个谜语：队里又添一头牛，不会吃草爱喝油，突突突突跑得快，耕起地来是能手。无论我妈怎么解释，我们就是瞪着一双眼睛傻乎乎看着她。直到有一天，生产队从公社调来一辆拖拉机犁地，我妈急忙带着我们去看，我们才恍然大悟。说到拖拉机，村里赵奶奶还闹过一个笑话，那是拖拉机第一次到村里来，一天就耕了快五十亩地，赵奶奶听说后，急忙从家里抱了一捆苞谷秆，扭着她的小脚颠颠送去，开拖拉机的陈师傅说："老人家，它不吃草！"赵奶奶问："不吃草么，吃什么？"陈师傅说："吃油。"赵奶奶心疼，说："油么，唉，一年到头好不容易宰头猪，食品组拿掉一半，剩不得多大点了。"陈师傅笑得腰都弯了下去。

那个年代的乡村，什么都新鲜，什么都稀奇。讲到《电的用处大》那课，我妈给我们讲：电的用处大，水电站、火电站，都可以发电。我们问，发电干什么啊？我妈告诉我们，有电就可以点电灯，可以看电影，就不用点煤油灯了，城里现在都是这样。同学们回家后，总会把学校里老师讲的新鲜事告诉家长。有一个叫杨永厚的同学跟他妈说了这件事，他妈笑嘻嘻地对了一句，还楼上楼下，电灯电话呢，我们这里是楼上楼下、摸七摸八。

乡村的课堂与城里不一样，老师管得不是很死，家离得近的学生甚至会带着弟弟妹妹来上学，有一个姓柴的女生，每天下午都是背着她一岁多的弟弟来上课，因为凳子是连在一起的，坐上去不方便，每堂课她都是背着弟弟，站着听。有时候弟弟哭了，她就悄悄跑出去，把弟弟哄乖才又进来。常常老师讲课的间隙，都能听到她的声音，说："小强，乖乖，听姐姐的话，不要哭了，晚上回去，姐姐给你搅稀饭吃，你再哭，老师不让姐姐读书了。"她每天就这样站着听课，有时候弟弟睡着了，我妈会让她把弟弟放在长凳子上，用背兜盖好，让她歇一会儿。后来听说这个女孩考上了大学，当了老师，后来还到另一个乡镇中学做了校长。

中午放学的时候，离家近的同学回家吃饭，离家远的回不去，学校也没有食堂，早上上学的时候，他们会从家里带饭来。用一个饭盒装着，中午的时候，把饭盒放在火塘上热热就吃了。也有不少同学连饭都没有，用背篓背着一些洋芋，最后一节课的时候，放在火塘里闷着，一放学，将洋芋丢进背篓，使劲摇，把灰摇掉，再用一块小竹片仔细刮干净，就吃了。条件好一点的，会带一点苞谷面和豆面做的酱，蘸着吃。我记得，同学们的嘴常常黑乎乎的，手也很脏，冬天的时候，满手的血裂子。

有一年我妈忙不过来，把我送到城里给爸爸带。在城里读了一年的书回到乡下，我成了全校学生羡慕的对象，没事的时候，他们都爱围着我，听我讲城里的事。我告诉他们，城里不点煤油灯，点电灯，点灯不用火柴，用一根绳子一拉就来电了，可亮可亮了。我告诉他们，城里有自来水，在水管上一扭开关，水就会哗啦啦地淌下来，把嘴凑上去就可以痛痛快快喝个够。城里还有洗澡堂，可以舒舒服服洗个够。我告诉他们，城里有电影，我看过《红孩子》《闪闪的红星》《小兵张嘎》等，说到这里，我会骄傲地唱几句：红星闪闪放光芒……上课的钟声常常在我夸夸其谈的时候不识时务地敲响，我们奔进教室，从两张课桌中间轻轻地跳进去，听陆老师讲 1+1=2，2+2=4 的时候，我的心就会飘到城里，想着城里那些有趣的新鲜事，回头看看同学们，他们也同我一样，一脸的向往。

每天放学的时候，夕阳染红了大地，海坝中间的那条河金光闪闪，就像有许许多多的鱼在河里游来游去，同学们追着霞光一路打闹着回家。学校一下安静下来，如同一个饶舌的孩子被妈妈呵斥以后突然闭上了嘴，再也没有声响。我呆呆坐在门前，双手托着下巴想，要是我们一家都能到城里，过那种不用挑水、砍柴的日子，该有多好啊！

好不容易放了暑假，我妈又要到城里学习，只带着弟弟去，哥哥、姐姐和我依然留在学校，自己过日子。我们依然每天背水、砍柴，有时候我们会去河边洗衣服被子，我们光着脚，把被子放进河里漂，一阵风过来，被子被吹成一个大鼓包，按都按不下去。那个时候，我们的心里涨满了自由。

开学了，学校又热闹起来，同学们都会穿得干干净净，偶尔有人添了新衣裳，是那种自家织的麻布衣裳，织出来的时候只有一个颜色，白黄白黄的，在农村太不经脏，多数女人会用青皮核桃的青皮煮成水，把衣裳染得黑黄黑黄的，这种颜色一年不洗也看不出脏。脚上的布鞋是千层底的，男生的是黑色面、蓝色的剪子口，女生是红色面、绿色的方口，这种鞋子好穿，也耐穿，就是下雨的时候鞋底容易湿，湿了以后很难晒干。如果连天的雨，就得放在火塘边烤，不然新鞋子也会生霉捂烂。同学们用的书包也是用白色的麻布做的，挑上一些花，也有一些勤快的妈妈用碎布拼成各种花样，看上去很漂亮。书包的带子都做得宽宽的，背着一点都不累。也有些同学家里穷，根本没有书包，我见过尹家大坡的一个同学，每天用一个纸盒装上书端着来上学。

多数同学读书很用心，他们知道要走出这个大山，读书是唯一的出路。他们从课本里，对外面世界有了一种朦朦胧胧的憧憬，对那些稀奇古怪的新鲜事充满了向往。这所由庙改建而成的小学，安安静静坐落在石磨村的坟塘边，坐落在我的心里，虽然简陋，却给了我们一生的启迪和记忆。

而我，三十多年后，再也找不见它。

香君

村里人津津乐道的还有一家，女人姓什么我已经记不清，只记得名字叫香君。上海知青，非常漂亮的女人，高高的个子，稍微有点胖，脸色红润，皮肤白嫩，留了个短发，因为是上海人，所以她那种发型在村里就叫作“上海头”。她说话跟唱歌一样，用村里人的话说，就是她说话“造得很”。据说她是全公社二十多个知青中长得最好看的，手又巧，会打缝纫机，一块块布料只要交给她，不出两天就会变成一件件漂亮的新衣服，一条条合身的新裤子。

知青的到来，尤其是香君的到来，像一块石头丢进了学校下面的海坝里，在我们村激起了层层浪花。她就住在学校，每天早上起来一打开房门，就会看到一捆小白菜，两个莲花白，或者几个青辣子、青苞谷、茄子，有时候还有一小箩筐洋芋。不知道是谁送的，我和哥哥悄悄把我们家棉纸糊的窗户用舌头舔开一个口子，躲在后面望了好多天，就是没有看到是谁送的。

她常常用那几个男教师大老远帮她挑来的水洗头。洗头的时候，她用茶壶把水烧热，提到门口，再用一只桶装满冷水，用上海香皂洗她的短发。那块香皂的味道好闻得很，但我们非常鄙视，她常常在她房间哼着好听的歌，早上起来开门倒水的时候，她身上还有一股甜香甜香的雪花膏味。我哥严肃地说，这一定是个资产阶级家的大小姐。

她分不清麦苗、韭菜，麦苗返青的时候，她会对河堤上放牛的李大爷说："大爷，这下面那么多青草，你为什么不把牛赶下去吃？"夏天捡菌的时候，她捡回来一大篮，拿来给我妈看，几乎全部有毒。她不会蒸苞谷饭，只好常常吃煮洋芋。青苞谷可以吃的时候，她会煮苞谷吃。我妈经常会叫她到我们家吃饭，我打心眼里不喜欢这个漂亮的"绣花枕头"。

下过雨，就到了生产队出工点苞谷的时候。她穿着一双黑皮鞋，刚出学校门，就被稀泥巴弄脏了鞋子，只好把裤脚卷起，提着鞋子回宿舍换。那时，我听到她"嘤嘤"抽泣，高兴地和哥哥击了一下掌，悄悄咧着嘴笑。

她在学校好像没住多久，在我还不喜欢她的时候，她忽然嫁给了学校的陆老师。陆老师是学校长得最帅气的，教数学，清瘦，温和，安静，天天穿着一件褪色的蓝衣服，虽然上完课回家还要做农活，但他的衣服永远干干净净。其实之前也从没有发现他们有过什么接触，每晚煤油灯照出的影子里也没有看到过陆老师，不知道他们什么时候在一起的。虽然见过陆老师帮她挑过水，但陆老师还帮我们家挑过呢！当陆老师把她娶回家的时候，我心里还是有些不舒服，不知道是因为香君走后，这学校里又只有我们一家？还是我们几姊妹少了一些话题和乐趣？我想了几天，最重要的还是不放心陆老师娶一个资产阶级大小姐做媳妇，日子一定过得非常悲惨，她这个剥削阶级一定会让我们最尊敬的陆老师处在水深火热之中的。

他们结婚后，陆老师依然每天来上课，那件蓝衣服不穿了，常穿的衣服变成了灰色的涤盖棉中山装，听说是香君从上海给他买回来的布做的。陆老师更加温和了，笑容也更多了，跟学生上课的时候也开始“造声造气”起来，我妈说，那叫普通话！看来我的想法多余了，慢慢我也就放松警惕，忘记这个资产阶级大小姐了。

快过年了，爸爸从城里回来，给我和姐姐扯了两块布，我妈带着我们去她家请她做衣裳，我才又见到她，她已经是两个娃娃的妈了。她用一个小皮尺，在我的肩上、手上、腰上比比画画，用笔记着什么，又从我的胸前量到身后，最后，从领口量到脚边时，她温和地笑了，对我妈说，这孩子越长越好看了。忽然，我喜欢上了她。量完尺寸，她留我们吃饭，妈妈推了半天，答应了。她煮了盐水洋芋，用青辣子炒了猪肝豆瓣，烧了干酸菜汤，非常好吃。尤其猪肝豆瓣，挑一点放在洋芋上，再喝碗干酸菜汤，吃得我痛快至极。

后来，妈妈调到城里，我们再也没有见过她。只听说上海知青返城的时候，她还是回去了，不过陆老师也是跟着调过去的，只是改行进了印刷厂。

再后来，听说他们还是离婚了，陆老师又回到了云南，住在他儿子家！

山上

石磨山坐落在石磨村的右边，正好对着学校。据说村子因此得名。

春天的石磨山，到处都是红红粉粉、白白绿绿的。红的是映山红；粉的是杏花、桃花；白的是李花、梨花、苦刺花；绿的，当然是满山的松树、鸡嗉子树，以及房屋旁的竹子和围着村子的野蚕叶。整个春天，花儿如云霞一般飘落在乡村、田野，把石磨山染得绚丽多姿，紫白紫白的萝卜花和远处金黄的油菜花撒满了大地，像一块精美的绣花布。

我和小伙伴们脱下摞得一层又一层的衣裳，背着篮子、挎着布袋奔上山去，把冻死的树用镰刀剔去细枝，一根一根插在篮子的前后两边，中间横担着一大捆柴。柴找好后，墩在一个宽敞的地方，拎着布袋满山跑，摘花去！

苦刺花开得最早。田埂、地头、山上，到处都是，花还没有盛开，还是花骨朵的时候就要赶紧去摘，晚了花瓣用水一烫就会随水流走，没法再吃。苦刺花满身的刺，花型较小，摘起来很不容易，摘回家后当天就要用清水烫一下，用水漂着，每天淘洗一遍，五六天后才能吃。苦刺花的吃法不多，新鲜的时候，用来煎鸡蛋，鸡蛋和花的香味混在一起，特别美味。每年苦刺花开的时候，我们都会摘上很多，漂后放在簸箕里晒干，等到冬天没菜的时候吃。过年扣百合、扣蛋卷、扣韭菜根的时候，也可以用来垫碗。

苦刺花还没有谢，棠梨花就开了，同样也要趁它还是花骨朵的时候摘。一样有刺，不过它的刺稍大一些，容易避开，但是开得较高，摘的时候也不容易，我们常常一个人用镰刀勾下树枝，其他人用手拉住开始一朵一朵扯。炒棠梨花的时候，一般用一种豆渣做的豆豉，放上两根茴香，也有的用猪肝豆瓣直接炒，想起来就让人流口水。

马缨花只有白色的、盛开的才能吃，摘回家以后，把花瓣一朵一朵摘下来，剔掉中间的花蕊，用水煮后，一个胡辣椒、一小块姜，大火一炒就能吃。

能吃的花还有很多，比如槐花、百合花、南瓜花、棕花、芭蕉花、野桑花等，在乡村，春天就是老天对我的馈赠，是食百花的时光，现在想起来，依然是那样奢侈得让人心醉。

春天还有很多东西可以吃，蕨菜、沙松尖、灰灰菜、荠荠菜、黄花草、金刚藤、刺脑包、野芹菜、小油菜、小苦蒜、小野葱等，也是我们经常弄来吃的。

等这些都吃过后，地埂边的锁莓、地莓泡又可以吃了，每天吃过晚饭，就抬着一个搪瓷口缸到海坝边去摘锁莓、采地莓泡，锁莓照样有刺，但是刺永远也挡不住锁莓对我们的诱惑。我们一边摘一边吃，吃够以后才往口缸里装，每次都能把那个大口缸装得满满的。

大把大把的锁莓吃够了，救军粮也该红了，我妈说，她小时候，外婆就是用这种野果子把一家人养大的。救军粮酸甜酸甜的，里面有黑色的小籽籽，外婆用簸箕把救军粮打下来，晒干后磨成粉，用筛子筛，尽量把那些黑色的籽籽筛走后掺着苞谷面蒸饭吃。我们当然不会用它当饭吃了，更多的时候，它是我们随处可见的零食，用手刷下，塞进嘴里吃着玩，我一直认为，那酸甜酸甜的味道，就是石磨山的味道。

有一种爬在地上长的藤类植物，它的果实有半个头躲在土里，我们管它叫“地瓜”，也有人叫“地石榴”，进入农历六月，我们上山的时候，遇到地瓜，就会一人一边，趴在地上扒开叶子，找它的果实，找到后，轻轻摘下来，擦干净，用手掰开，里面密密麻麻全是粉色的籽，这些籽非常甜。

羊奶果是一种小小的果子，长形的，表皮有一些小点点，就像人脸上的小红斑。树不高，叶子灰白灰白的，花是碎碎的白色，没熟透之前可千万不能吃，吃了会感觉舌头变厚，我们会说，绑嘴！羊奶果成熟的时候味道很特别，有水分，美中不足的是核有点大，总是有吃不够的感觉。这种野果，离开石磨村以后，我就再也没有见过了，但它的味道我却怎么也忘不了。

老米粗长得跟羊奶果有点像，表面上长着人脸上那种红斑。只是羊奶果是长形的，一串一串的，像耳坠子，而老米粗是圆形的，一朵一朵的，比羊奶果小一些。弟弟小的时候，身体很差，动不动就感冒、发热、拉肚子，有一次妈妈带着我们去外婆家的时候，弟弟正好拉肚子，没办法，妈妈顺手将路边的老米粗摘了几朵给他吃下去，晚上到外婆家的时候，居然好了。

我们还吃过野葡萄、野棠梨，挖过野土瓜、豆生根，刨过茅草根、麦冬根，摘过栽秧果、鸡嗉子。茅草根白生生的，有点像折耳根，但没有折耳根的腥味，是甜滋滋的，我们常常刨出土里的茅草根，放进嘴里咂摸那种无尽绵绵的甜味。

放暑假了，我们更是天天往山上跑。山里全是绿的，树是绿的，草是绿的，只要是眼睛看得到的地方，全是密密匝匝、厚厚薄薄的绿，就连空气都是绿的。一到山上，我们的心也被染绿了，踩着软软的绿，看着远远的绿，松从满地的蕨类丛里使劲往上长，把头伸进雾蒙蒙的云里。黄色、紫色的小花从草丛里伸出头来，向满山的绿得意地炫耀着自己的颜色。远处那片褐绿色的灌木，安静地站着，看着这山里的春去春来、花开花落，看着我们。

雨后的早晨，柴正娥家那只大公鸡扯着嗓子一叫，村子就醒过来了。我们根本不用我妈喊，一骨碌爬起来，背上背箩和村里的小伙伴一起跳着、闹着，嘻嘻哈哈朝石磨山走去。

突然，世界仿佛静止了一般，静得可以听见风吹绿叶的声音，静得可以听见鸟儿扇动翅膀的声音，静得可以听见自己心跳的声音。

我不敢说话了，我害怕稍有不慎，就会打破这片寂静，就会让我正在叙述着的这个伸手可及的乡村，无影无踪。

水墨色的铜钹山

蒋建伟

这当儿，山顶上的云急急地飘过来，白墙黑瓦的，什么都看不清楚，对面呢，也看不清人的脸。

通向渡口的路上，没有一丝灯光。晚饭后，我们这群山外客在手电筒、手机屏的光线提醒下，一个个埋下头在山坡之间找着路，一阶一阶地下，掖着神，藏着气，生怕一个错步走偏了，人就滚落下去，煮饺子似的突然不见了。山坡并不像别处的山坡，坡是一整块大石头，大石头喝饱了露水，踩上去湿漉漉的，露水随便一打滚呢，像极了驴，裹了一层薄薄的尘土，一哈气，大地上的土腥气四下飘散，和云和雾在一起飘散，通了肺腑，通了心灵，一如天籁中一枚水晶里的一滴水。

静，寂静，不约而同的静……世界原本就是这个样子。

一步，下一步，再下一步，我们的脚终于探到了水尾的岸边。

九仙湖的水尾，是十五都港，港对岸的小村子就是我们刚刚吃饭的地方，叫“猴狲潭”，有九户赖姓人家，小村子非常原生态，几乎家家都在开一种叫“农家乐”的小饭店，卖山里土菜，卖山珍野味，也卖自家酿制的米酒和杨梅酒，细细打听，原来这些饭店又叫“水云间”。“水云间”与世隔绝，往来只能靠水路，比如山外的客在这边吃完，要到对岸的那边，这中间，还要摇橹过去，一日三餐，天天坐船，游山水吃大餐，浪漫加野味，看来这等福分不只是古人独有了。

云越压越低，没有星星，没有月亮，墨水浸染的夜，说不出来的孤独感。雾气也大，一股一股，一丝一丝，一滴一滴，凝结在一起，纠缠在一起，扑打在我们的脸上、身上，放肆地学着驴打滚儿，抓也抓不住，就融化了。几乎同时，所有的灯光都消失了，所有的耳朵都在聚精会神地听，想象来自水面上的哪怕一丁点响声、桨声、摇橹声、咳嗽声，包括呼吸声，想象白天里的铜钹山一草一木，想象墨色里该是一幅多么迷人的山水画啊。其实，铜钹山的闻名，不在于闽、赣两不管，不在于山高皇帝远，主要是一个“禁”字，自唐末，一禁千年。铜钹山的故事，由一个猎人和一群梅花鹿组成：大概四五千年前，一个猎人上山打梅花鹿，结果被聪明的梅花鹿识破，几次都逃脱了，在追赶中，猎人误入千峰竞秀的铜钹山，梅花鹿群中有一只母的，最后摇身变成了一个温情脉脉的仙女，最后和猎人拜堂成婚……就这样，时间永远定格在最幸福、最甜蜜的那一秒！不快进，也不快退，只有暂停，多好啊！

事实上，只要我们不睁开眼睛，想象就成了真的，梦就成了真的，幸福和甜蜜就成了真的。

但，终究还是要睁开的。一刹那，我吃了一惊：“原来，这世界，可以是水墨色的呀！”真真切切的，这景致，满眼的墨色，接近黑，接近灰，接近云雾，接近混沌，一眨眼，又什么都看不见了，消失了，黑了。黑得吓人，伸手不见五指，没有一个人在呼吸，没有一丁点响动，一晃，好像过去了一两个世纪。眼睛是绕不过时间的，恐惧是绕不过去的，躲也没有用，干脆不躲，比如直视，朝前直视，时间长了，你会发现世界不再那么黑了，不再那么灰了，宛如一滴重重的墨在幻化开来，宛如一滴水在幻化，世界就不是原来的那个世界了。你会知道，世界在水之上，在山之上，在想象之上，墨水宛如一朵花，正在一点点打开，有风姿，有节奏，浅浅淡淡地打开……我突然听见，“哐啷”，许多花瓣的门被沉沉关上了。

这世界，重新坠入了黑，恐惧无边无际袭来。

这世界，望不见尾，也不敢望，只能靠我们的耳朵了。我发现，古老的九仙湖沉浸在一滴墨黑里，长长短短的声线从耳朵里抽出来，好像潜伏很久的天线四下散开，探出小脑袋，身姿摇曳着，夸张着，搜索着全世界所有的声音，但似乎一切，都是在徒劳。黑暗中，一只手慌乱间抓住了我，那手在哆嗦，越哆嗦，抓得越紧，分不清是谁，我们的手像胶水似的黏在一起，掰都掰不开，黑暗就这么来了，所有的灾难就这么来了。有那么一瞬间，我们的耳朵贴着九仙湖的水面在飞，水面上的响动都似乎在想象中，在对声音的捕捉、辨别和归类中，在细致入微的恐惧中，其实我们要做的都是徒劳的，什么声音都没有，真的没有。我们的手一直在哆嗦，翻来覆去，翻来覆去的，说不出来的一种艰难和绝望，那些光亮可以没有，但是，那些跌落在铜钹山黄昏里的声音呢？那些对岸的水泥台阶上的脚步声呢？那些奔跑在红军岩下盘山公路上的车鸣声呢？那些遗失在石卵道上的喘气声呢？那些手搭凉棚喊山喊水的“嗬嗬”声呢？那些声音呢？此时此刻，我不知道它们都躺在该躺的地方睡着了，小宝贝们似的，安静地睡着了。

我们都好像睡着了，乃至于那只船怎么来的，怎么不动声色地拴在了“猴狲潭”码头，我们都不知道。我和那只手哆嗦着，在船老大的牵引下，一步步上了船头，找了船舱中间木板上一块空地方，坐上去，不料船身朝我们这边倾斜得厉害，有人就开始慌乱，惊呼异常，乱了章法。船老大说：“别叫别叫，随便找空地方坐下，等船舱坐满了，船就不晃荡了。”果真，黑暗里，三五下，船舱就满了，也不晃荡了，可见人生的平静和慌张，全在一句话。

水墨色的九仙湖上，摇橹的赖家老大点起了一支香烟，红红的一点开始在水波里荡漾。我们的手不知不觉地松开了，一个个随着水波荡漾，从想象中的山势判断，两岸的铜钹山正在朝身后竞走，美丽的山峰们正在云雾间起起伏伏。那人从我的右侧站起来，右脚踩着左脚，船身稍稍漾了一下，紧接着平静如初了，那人放心地走到船尾；接着，又凭着感觉，左脚踩着右脚，向赖家老大的方向走去，后来的情况连我也分不清了，那人到底是谁？那人到底站在了哪里？后来，有人开始发手机短信，有人开始说笑，还有人在和赖家老大高一声低一声地打听着山里的野猪野鸡怎么打了。我也想发手机短信，但是对着天发了几次，都没有信号，只得作罢。

五分钟吧，我们的船靠了岸，早有一束手电筒的光亮照射过来，照在了船头、缆绳和我们的脚下。亮光下，脚寻找着步，人寻找着人，一拉一溜儿，十二人，等全都踩上这边的水泥台阶了，船又掉了头，去接“猴猕潭”的下一溜儿，我们发现，光亮忽然之间又消失了。

爬完了所有的水泥台阶，是一条修长修长的盘山公路。一抬头，是临山而建的几栋小楼，楼前有一大片空地，可以停车，楼里闪烁着点点灯花，我知道，现在我和他们已经实实在在地行走在铜钹山大地上了。

大地上的土腥气重新流淌在我们的血管里。就像那些喝饱了水的石头、学着驴打滚儿的露水一样，尘土总会记住我们每个人身上的土腥气，总会把我们在天亮以前一个一个叫走的。

水墨色的铜钹山，水墨色的人世，什么时候，我们才能变成一粒粒回家的尘土？

漫游太姥山小记

叶延滨

受邀到福鼎采风，欣然前往。早就听说福鼎有著名的白茶，还有名扬海内的太姥山。

开初以为太姥山是李白写的天姥山，到了福鼎才知道此山非李白笔下那山，却有让人如同梦游的神奇魅力。远望此山，山海相望，云雾缥缈，仙境梦幻。太姥山被当地人称作“海上仙都”，是国家地质公园、国家5A级景区。九十二平方公里的景区，集合了山、海、川、岛风光。特别是太姥山主峰，峰险、石奇、洞幽、雾幻。主峰的石崖峰峦，嵯峨峻峭，真是鬼斧神工的杰作。游过太姥山后，兴奋不已，多次提笔，却又不知从何动笔，悻悻然放下。太姥山有资深的中国风光，前人早写下许多赞美的文章，用尽天下的美好词语，再写也真的难有新意。如若是向读者推荐山光水色，云蒸霞蔚，我的笔头又比不过那些精心制作的风光影片，镜头比笔更写真传神。想起那些摄影机，费力码字自己都觉得累。也许这也是进步的代价，游山时一路举着手机拍照，急不可待地把照片发朋友圈炫耀。事后再费力费时地敲击键盘，用文字去描述那些早被手机曝光的景物，真有画蛇添足之嫌。思量许久，决定不与每个游客都有的手机叫板，写我个人专有的太姥山之行：神游心想中再识太姥山，同时也让太姥山进入我的心灵，让我与太姥山，相伴同行一回！

驱车上山能到太姥山的半山腰，车停处大概是太姥山的一个分界线。自我们立足处，向下是青翠山麓，青青茶园。山势较为舒缓，宜居宜耕。世代经营的山农，将这里开发成盛产名茶的家园。自此朝上，山势陡峭，石崖叠立，树木渐稀。在缺衣少食的年月，不可居也无可耕，在为衣食奔命的人眼中，这就叫作穷山恶水。早些年，只有吃饱了有闲工夫的书生秀才们，才会登山发些感叹，应者不多，那些诗文也束之高阁承接灰尘。现在吃饱饭有闲工夫的多了，不但有闲工夫，还有闲钱，有闲情。于是，坐在此山茶园里喝茶的多了，品茗之间，对那些不长庄稼的山巅石头感兴趣的也多了。早些年的穷山恶水，不经意间成了风光胜地。山间小径变成了大路，无路之处修起了石阶，倒塌的小庙复修为大寺，还为太姥立起了巨大的塑像。志书里吃了千百年灰尘的诗句，刻上石壁，挂成匾联，装点出太姥山的文脉久远。

进了景区看什么？当地的朋友说，要找个最好的位置看山。随之走到正门一侧，导游说，看见了吗？这就是太姥山最著名的夫妻峰。云雾缭绕的山顶，清晰可见两座山峰并立，一高一低。说是夫妻，看两山也就像是相依相偎。看山是看风景，看海上仙都的山，我们还是看到了人间的风景。天下的风景看什么？看的是心象，心想景成。两座小山峰并立，叫夫妻峰，一座叫什么？在边关也许叫擎天柱，在三峡叫神女峰。三峡险峻，船工和商贾离家出走，常常归家无期。于是高山上一座孤崖，被人看成苦等亲人的女人，化成神女，守望大江。有个叫舒婷的当代女诗人看不下去了，在她的眼中："沿着江岸 / 金光菊和女贞子的洪流 / 正煽动新的背叛 / 与其在悬崖上展览千年 / 不如在爱人肩头痛哭一晚。"至于双峰并立，我在一个民族地区也见过，当地取名兄弟峰。也许原来无名，取兄弟峰寓意团结友爱，心向往之。大海之滨的太姥山是渔家农家千百年生活的地方。耕海种田，最好的愿望中，必有夫妻相守一生。因此，让两座山崖成了夫妻，谁会说不像呢？其实，游山历水，观山望海，也是在自借山水为镜，看自己的心境。心有多大，天有多宽，风光也就有多瑰丽。

当然，如果天下美景全是心想景成，就不必出行漫游了。出行是内心与外景的一次邂逅，也是让自己与世界互相重新认识。我们常说美景是天造地设，这四个字非常有道理。太姥山顶的那一堆巨石，如果不是在高山之巅，而是在你的家门外，一开门就顶着你的鼻子，那你看到它们不会喜悦，而会皱紧眉头。美景乃天造地设，是将这堆巨石摆到了合适的位置。它们待在太姥山顶就很合适，它们不影响你的起居劳作，高高地停在你的视线远端。在那里，有流云雾霞与它们相伴，有远方的大海与它们相望。你过你的日子，它们不打扰你。你忙你的事情，它们不烦你。你闲下了，仰头一望，它们伴着你。望着它们，你便觉得你的日子不光有眼前的柴米油盐，还有高山上这堆不食人间烟火的像神仙一样洒脱的石头。望着这堆石头，便引着你的心事，看天上风云起伏，望大海波澜壮阔，你的心胸就会天高地阔地盛满阳光，也想做一回与天地共享云霞虹彩的神仙啊！

做一回神仙就要登一回山。攀山的过程，有心人就会发现，登山就是一次浓缩的人生体验。人生一世也是在一辈子登一座山。一出生来到这个世界，就有人告诉你，人要往高处走。背上书包当了读书小儿郎，老师说得最多的一句话是：好好学习，天天向上。于是，你就开始爬一座看不见的山。读了小学读中学，还有大学等着你。好不容易毕了业，才发现登山比赛才开始。这山望着那山高，不望还真不行，好在前半辈子青春让人气盛，有心气，有脚力，咬紧牙擦把汗，跟着前人踩出的路向上走。好不容易到了顶，叫作功成名就。然而，这时候才发现山外有山，天外有天。还有一句等着你：高处不胜寒。接下来的事情都一样，后半生回头走下坡路，一步步要踩稳，累了困了就往山下看，山下有故乡，山下有知己，山下有个家，家里有亲人沏了一杯热茶等着你！

望着向着太姥山顶峰攀登的人们，此刻我明白了，海上仙都的神仙是谁？不是那堆大石头，是热爱高山大川的你们啊！

高山云雾听茶香

朱华胜

站在盘州民主沁心茶场山顶，白乎乎的雾气扰来，带着雪域马汉的气势。近身时，尽显南地茶山少女的婀娜。

沙沙沙，从对面那个山头，劈空而来，流动的雾是有声音的。雾有味道，带有土、林、草和茶综合的清香味。高山的雾深情，似乎有意撩拨我这个邻家汉子，忽地丝丝绕绕从我眼前划过，忽地大团大团将我拥住，湿润裸露的皮肤，凉凉浸抹，通过肌肤渗入骨髓。

听着雾音，摸着雾气，我走得特慢，生怕惊扰正在雾怀抱里的茶灵。

身边的茶工告诉我，民主山形地貌特别，海拔 2000 米以上。这样的雾常见，早晚更甚。登上另一个山坡，四周清晰可见。也许白雾嬉闹乏了，汇聚在几座山顶上安静小歇。这时，座座山头，仿佛戴了一顶白绒绒的帽子。山高坡陡，块块狭窄茶地，挤着密密麻麻的茶树，像着绿装的列队士兵，等待检阅，又像一圈一圈绿色带子系在山上，似乎要系到天上去。

山路十八弯，一路的茶香，一路的聆听。很难想象，这一座座山数年前还是荒山穷坡，枯藤交缠，杂草丛生，蜗居着蠓虫蚂蚁，横行着马蜂毒蚊，鲜有村民光顾。很久以前，上辈人在这里种荞、种洋芋，人背马驮，越盘越穷。后辈放弃种地，外出打工，大片大片山坡地荒芜，仿佛土地已死去。

当过民办教师的王剑，是这一代颇具眼光的人，盯上了这片不为人所知的可造之地。他自费远赴外地学习茶叶种植技术，回来就干，并获取了当地政府专项资金的支持，组建了盘州民主沁心生态茶种植农业合作社。穷山荒坡仿佛被注入滚烫开水，沸腾起来。贫穷的村民有了领头人，像群雁有了领头雁，展翅，飞翔。民主这方山水和人热闹了：土地变资源，资金变股金，村民变股东，愁脸变笑颜。死地经过流转，顿时复活，座座山坡活得绿油油的。

站在山脚茶地采茶道上，仰视，展望，敬畏感从我心里猛烈升腾。块块茶地狭长，披上绿毯，呈梯级，向山顶延伸，钻入茫茫白雾。我懂了，茶接天地灵气，长茶韵，生茶香。茶树挨挨挤挤，昂首挺胸，生机勃发。朵朵通透润嫩的茶花，白花花、粉嘟嘟，摇曳生姿。我不由得整整衣冠，不敢邋遢，生怕对茶这灵物有不敬之处。

同行的人，早已茶醉，陶醉得晕乎乎的。疯似的，摆出千般姿势，定格美丽瞬间。扛长短摄影器材的专业人士，找准角度，或对着一级级深绿的山头，或对着一朵小茶花，一片透绿茶叶，咔嚓咔嚓，响个不停。

那个叫王知春的年轻母亲，把整个脸颊贴近茶树，高举着手机，手机欢唱着采茶调。她对我说，领女儿来，零距离识茶。小姑娘一身红，这里看看，那里摸摸，时不时摘朵茶花，扯片茶叶。她妈妈聪明，女儿这一趟，比在课堂上学习茶知识强上万倍。

我瞅准一片茶芽，想扯，却用力过猛，硬生生掐了下来，芽叶顿时散开。哎呀，我暗叫，茶芽被我糟蹋了。隔行如隔山，我明白了，茶芽茎取舍有讲究，也明白了刚才茶工说采茶之前要培训的精准含义。

茶场广场，我见到一个特别的雕塑：茶树托着大大的一个壶，壶身土红，壶口幽深、神秘，似有倒不完的茶人故事。穿迷彩服的茶工说，场长王剑讲的茶故事耐听。那走，我急切切的。

民主茶场停车处往南两百米，是一栋别致的两层楼房，背靠茶山，面临一条柏油铺就的山路。一楼是一个展厅，靠北角，放着一张大型根雕茶桌。桌上，一应茶具俱全。若干青花白瓷茶盏一溜列着。茶室主人就是场长王剑，一身白衣，略显清瘦，带着笑意，一身茶山长老的风骨。浏览一遍展厅，茶叶有很多品种，有水盘沁心、水盘奇芽等，主打的是民主沁心茶。一个个奖杯和质量认证书、抽检报告极为醒目。沁心茶，多么富有优质生活的茶名。光听不喝，已经满心滋润。王剑冲了一杯，双手递给我。我赶紧放下挎包，把手机装入口袋，双手接过。杯中，片片碧叶随着水流回旋、晃动、舒展、交融。采茶，我外行，品茶，我还是略懂的，慧心悟茶香，淡中品致味。一口茶入体，茶香中略带一点草香，润及心肺，回味甘长。记得一个茶室的茶姑说过，禅茶一味，降心火，净尘埃，润身心。这话我是赞成的。身旁的一个穿花格子衣服的小女孩喝后直嚷了起来，好清香啊！真是这样，这茶香，还带有草香味。

王剑笑笑，娓娓道来，如数家珍。茶场，座座高山连片，于盘南腹地的幽林深处，拥有最典型的高海拔气候，纬度低。有人说，晴时早晚遍地雾，阴雨连天满山云。无疑，长年云雾缭绕是常态。最宝贵的是方圆纵深无任何厂矿企业，山坡地没有受过任何污染，无任何其他农作物。唯有清风、白雾、灵气，静静陪伴着满山的茶树。

天时、地利、人和方能成就名茶。盘州本来坡陡山高，一座座高山无疑是天然屏障，云海苍茫，雾气升腾，使得天地之灵气没有外流，茶树得以足润，尽吸山川灵气，纳日月精华，色、香、味，傲视天下。

当地村民评价王剑说，他做的是良心茶，干净茶，生态茶。

杯中茶已是第四道，色泽如深秋鹅黄，内质依旧盈香、沁心。其实，我作为生长在云贵高原的一员，深知，高山云雾出名茶。茶的故乡本就是高山，拒受污浊之祸，怕喧闹之噪，山川寂然物化于茶，茶之神韵外化于人。我的理解就是，沁心，心灵的沙漠在茶水的滋润下，幻化成美好的绿洲。

同行的人纷纷邀请王剑合影，趁此机会，我问王剑的助手，一个帅气的小伙子，你们办茶场一路顺畅吗？

小伙子说，刚开始那几年，困难多，又不懂技术，侍弄不好茶这个灵物，茶树不出芽，付出拐了岔。痛后深思，王场长终于明白，种茶要讲科学。他多次贷款外出学习，学得管理，掌握技巧，才逐渐走出困境，迎来春天。

今天，王剑侍弄茶，风生水起。他耐心教授村民种茶、护茶、管茶、养茶、采茶、做茶、品茶。天道酬勤，种茶、采茶技术渐渐被村民熟知。现在，村里的小孩子都会说，“早采三天是个宝，迟采三天变成草”。连村里的哑巴也学得会，采得自如，采得神气。哑巴奔茶场采茶，自己用劳动养活自己。

两千多亩茶树，采茶量大，需要大量的劳动力。王剑选人，首选流转土地给茶场的、方圆就近的村民，仅茶场旁边的大寨子，用工就达四百人。仅今年采茶时节，就有八十九户贫困户来茶场务工，王场长不仅付工资，还每天给十元的补助。在家门口就业，拿到不低的工资，村民笑了，把大拇指竖给王剑。受他的合作社带动，民主镇有三十五家茶场，组建合作社种茶，形成规模。村民说，茶山就是钱。村民说，王剑是我们的“茶王”。

村民有了钱，盖房，送娃读书，还搞起养殖，养鸡养猪。想吃肉了，就去圈里捉。哪像以前，想吃肉，男人等过节，女人等坐月。

榜样的力量是无穷的。我很受触动，我看到的是另一种景象：王剑种茶创业成功，带动周围民众就业，有了收入。王剑的茶场，一年四季都采，换句话说，茶场长年需要大量用工，意味着周围村民一年四季都能就业，有收入。另外，一些有能力的人也种茶，也带动就业，也有收入。我明白了，这是一种合作社加基地加农户的运作模式，科学、有效、可操作。无疑，民主沁心茶场已经变成当地和周边百姓增收致富的“拾金地”和“聚宝盆”。

我又问，你们茶场收益如何？

小伙子的话再一次击中我的心：能实现年产成品茶叶十八余吨，年产值六百五十余万元。

我不禁望向正在与人合影的一身白衣人。这不就是高山白雾神嘛，滋润着一座座绿水青山。

“茶里乾坤大，壶中日月长。”

“绿水青山就是金山银山。”

心生敬佩，我起身，来到他身边。

我得去品味那浸润于人与自然的经典，那清醇悠远、难以言传的生命之香。

绝色哈播

山地

富源营上哈播大峡谷，不经意之间唤醒的神奇诗句，注定与我有一场难舍难分的相会。

这是一个深冬的下午，天气很好，蓝汪汪的。当地年轻人李勇与黄家雄，很热情，驾驶着游艇陪我们一行九人同游。他们都说，没船进不去，即使当地人也没进去过。李勇说得很肯定，进去过的不足百人，你们都在百人以内。说得我们一行人哈哈大笑，自豪感顿生。

从出发点向前行两百米，到了主峡谷——哈播大峡谷。李勇说，向右，看山；向左，看水，山水尽显。右边即上游。按顺序吧，掌舵的黄家雄说。

游艇的马达声伴着哗哗水响。我们的探秘之旅开始了。

哈播大峡谷，还不如叫哈播“大狭湖”更贴切些。

猛一见，我竟有些恍惚，一时分不清是在天上还是在人间。峡谷里的水三四十米深，两边山高，水面到山顶多为峭壁，平均三四百米高，直入云霄。我们的到来，令一只老鹰受惊，突然展翅，从头顶掠过，落在峭壁中部一棵树上。树枝上下抖动，越发显得峭壁险峻。我竟看得呆了。也许，很久很久以前，这儿卧着一条巨龙酣睡，巨龙醒来归海，留下了这八公里左右长的大峡谷。

一段一段的石壁上长有青刚栎树，见土就生，尽管是一撮土。有的树仿若耸入云天，有的横生出来，似乎在仔细端详湖面，又或者以湖为镜；有的仿若小鸟依人的少女，身形婀娜多姿，风情万种，依偎着身旁那壮实的“小伙子”，脉脉不语，低头含羞带笑；有的在水色一天中，安安静静，缱绻情深对望。

有的石壁并没有树，裂缝间，爬行着枝蔓藤条。阵阵山风掠来，它们轻摇慢摆，仿佛是石壁的血脉，于是，石壁有了灵气。

好几段全是九十度陡峭石壁，无土无树。石壁上色彩斑斓，有的红如晚霞，有的仿若玫瑰，有的黄如真金，有的白如井盐，有的黑如乌发。石壁历经沧桑形成了奇异的图案，见证了岁月的流逝，经受了霜雪的摧残和暴风雨的洗礼，也获得了暖阳的呵护和水汽湿雾的滋润，显得更加神秘。

行至宽敞处，右边石壁出现一个敞开的巨大山洞。岩浆凝成众多钟乳石，各具神态，有如雨后蘑菇，有如山猴照镜，有如金蝉过江，有如雄狮怒吼，有如两只公羊决斗，有如花豹跳跃，有如白马奔腾，有如象鼻摇甩，也有的像少女起舞，更多的像擎天玉柱，还有倒挂的，像一组组琴键，仿佛正在给我们演奏美妙动听的深山歌谣。

当返回向左游览时，水面宽阔，冬日泛黄的落叶在光影交错的水面上浮荡。低低的白云，青黄夹杂着红叶的灌木丛，倒影清晰可见。山还是青山，水还是碧水，壁还是峭壁，在此深冬时节，显得格外寂静。突然，寂静被打破，一群水鸭扑腾着翅膀在前面一闪而过，消失在微波里。转弯处，水流轻吻石壁。再往上，碎米花串串，正窃窃私语。旁边是一棵棵黄竹，上面散落着几只翠鸟，正在探头探脑，盯住我们这群不速之客。

我仿佛是一个酒醉的乡间牧羊人，骑在被施了魔法会飞的白色绵羊群背上，云游在仙天胜景里。

不知不觉几个小时过去了，我们依依不舍上岸。橘红晚阳透过山林披在我们身上，同时把山谷里的杉木、银杏、桃木、灌木、杂草染得缤纷璀璨。在明亮的光彩中，我们向上攀去。

高处回望，夕阳下的哈播大峡谷呈现出一种泛青的亮色，糅合着浅浅的暗黄，让我产生幽远迷蒙的感觉。这是我喜欢的画面色调，此时的哈播大峡谷，像极了一条水墨色彩带，铺展在我面前。

岸边第一寨叫田家脑子，一栋栋房屋早已人去楼空。门口，石缸里的水养着团团青苔。刻着各种图案的石头墙懒懒地晒着冬阳，仿若一个古稀老人在回忆往事。黄家雄说，村民全部搬到几里外的公路边去了。田家脑子离哈播大峡谷只有几百米之遥，在村口可以看见峡谷里绿莹莹的水面。不过，要到谷底登船那儿，只能从村旁顺山路绕下去，得走两公里。

村口有一棵大核桃树，看样子有些年岁了。我坐在核桃树下，贪婪地嗅着不知哪里来的清香。循香望去，哇，金黄金黄的柿花，密密麻麻，像画上去的一样，满满挤在枝头。

同行的一个小朋友说，你还坐着，是舍不得走吗？

是的，太美了，我多坐会儿。我笑笑，回答他。

有那么一瞬，我感到哈播大峡谷是画出来的，哪有这么真实的绝色之美？一定是天上的能工巧匠画的，画出我心中的万般不舍。

乡间小路

岳凡

乡间有很多路，四通八达，每一条都是相互连通的，若是从上空俯视这些道路，那一定像一张庞大的网，世间万物都像是网上爬行的蜘蛛。这些路无非是要拉近人与人之间的距离，人们在路上绞尽脑汁，让路变得更宽阔、更光滑、更短，这些路从此就有了自己的使命。

世间道路千万条，就像千万张面孔，并不是每一张面孔都能让人熟悉和铭记，但总有几个人、几条路如此刻骨铭心，让人无法忘却。我喜欢乡间小路，这跟我出生在农村是密不可分的，家乡的一草一木，家乡的一砖一瓦，都印在脑海，欲罢不能。喜欢乡间小路，并没有太多冠冕堂皇的理由，那些路本身就有一种让人难以割舍的魅力。

乡间的小路是卑微的，每一条路都是默默无名，不像城里的路，每一条都有自己的名字，显得华贵，譬如富源县城，闻名遐迩的“鸣凤路”，众所周知的“富发路”，每一条路都像人一样被温柔以待，被尊重。这乡间小路也恰似农村人的秉性，不显山露水，不矫揉造作，踏踏实实把日子过得幸福美满。

农村人是热爱土地的，把土地当作赖以生存的命根子，十之八九的路都修建在山梁子上，或者是低洼的河沟边，能绕就绕，尽量不浪费土地，在他们眼里，浪费土地是罪恶的，浪费土地就是败家子。

闲暇时间，我喜欢漫步在乡间小路上。城市的大街小巷，抬头只能看到高耸入云的建筑，低头只能看到车水马龙，每个人的表情都是僵硬的，目不转睛地盯着来来往往的车辆。而乡间小路，大可不必担心，偶尔有牲口经过，这些牲口也是平易近人，要么乖巧地斜眯着眼睛擦肩而过，要么甩着尾巴扬长而去，要么就离得远远的，低头弯腰，胆小怕人。

乡间小路当然也没有城里的大道宽敞、干净整洁。在乡间小路上，不管是天阴天晴，只要出门，鞋底上总会沾上泥土，反而让我更喜欢。土生万物，人跟土地就很难撇清关系。在乡间小路上，随处可见牛屎马粪，我倒也不觉得恶心，这些东西对庄稼人而言，都是宝贝疙瘩，有句谚语说得好，“庄稼活，不要问，除了工夫就是粪”，这些粪便功不可没。记得小时候，从学堂回家，肩上挎着篮子，拿着铲子去捡粪，把粪便堆成一座小山似的，然后背到地里种庄稼，正是这一坨坨令人生厌的粪便，庄稼才有了好收成。

城市的道路是喧嚣的，汽笛声、小贩叫卖声，不绝于耳。乡间小路相当清静，偶尔听到有人叫唤牲口的声音，喂猪喂鸡的声音，那就是在跟牲口对话，更能体现出人与自然的和谐友善。农村出来的孩子多多少少会懂些动物的语言，总有些与动物交流的方式，拖着犁铧的牛犊不需要皮鞭的抽打，只要在“嘚嘚”“呀呀”的叫唤下，就会让它们循规蹈矩、不偏不倚地耕地。母亲抓一把秕谷，只要叫唤几声“咕咕”，鸡就知道主人叫唤它们回家吃饭了，对猪“啰啰”几声，大猪小猪就慌慌张张跑过来吃食。

乡间小路上，有着让人心情愉悦的风景，一年四季变换不同，赏心悦目，让人百看不厌。在乡间小路上，总会免费听到大自然的歌声，流水潺潺，鸟儿啁啾，松鼠咕咕，甚至是风吹动竹林的声音都让人觉得是天籁。要是下起雨来，池塘便蛙声一片，那是大自然的交响曲。

我与乡间小路的感情千丝万缕，上小学时，每天来来往往，不是在上学的路上，就是在放学回家的路上，那时候厌恶它，多希望那是一条康庄大道，在路上有奔跑的汽车，哪怕只是“轰隆轰隆”驶过的拖拉机也好。每次上晚自习，都要打着手电筒回家，年少胆小，走在狭窄的小路上，一点风吹草动，婆娑树影，都足以让结伴而行的我们心跳加速。直到看见村里像萤火虫一样微弱的光，才不会感觉害怕。

乡间小路在不断地消失，脚下的路是人走出来的，没有人走的路便渐渐消失不见了，路边长满荆棘。有的路在渐渐变宽敞，变得更加平坦，也许正是有了新路，老路才无人问津。

谁都不喜欢坡路，谁都不喜欢走弯路，可人的一生呀，谁不会遇上几个陡坡，谁不会遇上几处坎坷，只有心平气和，才能步入人间正道。

静静的山间草原

欧之德

在《消失的地平线》一书中，当英国领事康威一行四人乘坐的小飞机被劫持后降落在中国藏区的一个山谷时，展现在他们眼前的是一幅幅迷人的景象：那儿有美丽如画的草原，有雄奇的雪山。平坦蔚蓝的草原使他们的惊魂得到安抚，他们一边惊异地欣赏遍地野花，一边等待救援……这儿就是香格里拉。

云南的草原当然不止香格里拉这一片，更多的草原、牧场散落在崇山峻岭之间，牛羊们神仙般悠闲地享受着青草，一嘴啃十朵鲜花。牧人躺在草坪上，仰望翱翔蓝天的雄鹰，漫不经心地欣赏着和自己一样纯朴的白云，顿时就把生命引向一个简单而崇高的境界……

草原的要素很多，一般来说，当然首先是如茵的绿草，辽阔的原野，蔚蓝的天空，游牧的羊群，迷人的野花，驰骋的骏马……还有，还有什么？最好还应该有牧羊的姑娘，姑娘的牧歌，否则，少了几分浪漫、几分情调。差不多了，没有这些，当然就不叫草原，只能叫草坪。

古人的诗词中，描写草原的作品不少，最出名的当数白居易的“离离原上草，一岁一枯荣。野火烧不尽，春风吹又生”，以及南北朝时一位无名作者的《敕勒歌》：“敕勒川，阴山下。天似穹庐，笼盖四野。天苍苍，野茫茫，风吹草低见牛羊。”

这些当然是千古名句，但描写的是北方的草原，陈述的是塞北宽广无际的粗犷，草长莺飞中的苍茫。云南草原展开的却是水草丰茂中的细腻，山峦怀抱中的柔情。它没有万马奔腾的气势，却有嫩绿鹅黄的风韵。如果说，北方的草原是男人套马杆骚动的天堂，云南的草原则是仙女后花园美丽的地毯。温顺的牛羊和斯文的长鬃马是她们放牧的宠物。这儿没有战场的厮杀，铠甲的光影，只有欢快的夕阳和平静的月光在浅浅的牧草上流淌。仙女们在天宫待烦了、待腻了，便化作一群高贵的黑颈鹤、斑头雁降临草原，和草原上的湖水、野花、蜂蝶诉说着天上人间的情感。

香格里拉的“纳帕海”草原，带“海”沾水，实际是一片美不胜收的湿地。四周是雄奇的雪山，茂密的森林，从雪山上流下的冰雪融水一部分灌溉庄稼，一部分孕育草原。翻过一座小山岭，是佛光普照的松赞林寺，汉语称为“归化寺”，云南藏传佛教之首。宽阔的草原尽头，镀金铜瓦在阳光下闪耀，近在咫尺的纳帕海每天聆听着佛寺传来的晨钟暮鼓。游客们骑着马在草地上漫步，体验一番这儿的悠长岁月，只赏世外桃源的藏家风情。希尔顿笔下迷人的香格里拉或许就在这儿，一半是草原，一半是雪山，一边是草原上酥油飘香的喇嘛寺，一边是雪山下善良朴实的藏族人，何处再去寻找这奇妙的人间乐园？

滇东北会泽的“大海草山”、昭通的“大山包”、寻甸的“北大营”，又是别具一格的乌蒙山风格的草原。还有滇南的“舍得草原”，位于丘北县西北，距普者黑三十五公里，五万亩连片草场被誉为“丘北的香格里拉”。

高山草原一个个波澜不惊的日子，少不了潇洒的羊鞭，而牧羊老汉白色的羊皮袄只管御寒顶风，不管牧歌悠不悠扬。宁静恬淡中抽几口老水烟，吞云吐雾中享受那一份草原的清幽、云彩下的寂寥。太阳落山风乍起，裹紧羊皮褂，挥起鞭儿打碎草原的清澈和湛蓝，赶着羊群牛群顺手牵着草原的月亮回家……

这是乌蒙山区人草原生活的主旋律，牧羊人见惯天宽地阔，一片平常心。观风情赏风景是城里人、文化人的事，草原常把远方近处来的画家、诗人、摄影师，诱惑得神魂颠倒手舞足蹈。他们喜欢星星点点的野花绽放，喜欢高山之巅的流云变幻，喜欢光波滚动的草原月色，喜欢……喜欢的东西实在太多，一堆篝火任凭时光流淌，又笑又哭只因难得享用这遍地神藏。

云南草原的名字就像云南人质朴的性格，“大海草山”“大山包”“北大营”“舍得草原”，土里土气中有着惊艳的容貌、绝色的花颜。还有那些隐藏在群山怀抱中的无数叫“草甸”的地方，同样一腔痴情散发着淡淡的泥土气息，绵绵的绿草清香。

赏春天的草原到寻甸的北大营，一幅传递生命活力的水墨画，一片片拱破酥软土地的嫩芽没有任何多愁善感的表情，浓淡不一的绿色就这样坦坦荡荡地泼洒在大地上，把那些人世间最本真的美好瞬间呈现在面前，开始丰富着一年之初的草地，用水墨春色布展着这一方神奇的土地。从天边飘来的白云缓慢移过草原上空又飘向天边，群山远远躲避，只留一个背影让画面去体现苍茫。

盛夏就到会泽的大海草山，是“海”又是山，丘陵起伏、绿浪涌波，人如一叶轻舟在山海中徜徉。红的花、黄的花、蓝的花随浪逐波，远看近看都是一幅色彩鲜丽的西洋油画，蕴含着浓浓的诗意和厚重的精神世界，把大自然的恩赐轻轻地放在口鼻间，从醉人的芬芳中轻易地寻回那份久违了的纯真与自我！远处，洁白的羊群是地面滚动的云彩，交织的色块便多了生机，多了草原给人类的热诚。大海草山的 8 月最富朗诵的诗意，只要你去过，随时都会悠然忆起那起伏跳跃的满目绿色。

深秋季节去丘北的舍得草原，它的邻居是有着“小桂林”之称的普者黑。舍得草原却与此相反，没有水，只有山和山中的草场。天高云淡下，一片金黄，几缕剩绿，连同家家户户地里、檐下火红的辣椒（丘北又为闻名省内外的“辣椒之乡”），以及山坡上自由自在色斑满身的黄牛，组合出了“舍得”的秋天深情。大写意般的表现中，简略了原本丰富的内容，只剩下一片金黄，一缕火红，一抹赭黑。豪爽的秋风善于剪裁割爱，三两番拂袖之后，只留下明洁的天高气爽、草地的大气游虹，“舍得”这名字置身于青山秋草之间，坦荡于悠远豁达之上，敢于有“舍”有“得”，才使数十里山坡山岭拥有迷人的灵韵，成为牛羊的天堂。

冬天看草原去昭通的大山包，憨里土气的地名中隐藏着一山山俊美的高雅，一群群黑颈鹤从远方飞来，“鹤舞高原”是白雪覆盖的草原整个冬天的精华，它们腾空翱翔的翅膀将天空的抑郁一扫而光。蜂拥而至的游人给艰辛的山民带来不少额外的财源。静谧流星划过夜空，寒风凛冽中一盆炭火、几个烤洋芋，也是进山的外地人无限的温暖。绵亘的大山包因为有了黑颈鹤，有了闪亮的白雪覆盖，一个个专业摄影师、业余发烧友携着“长枪短炮”进山，月色下裹着牧羊人膻气未退的毛毯，等待黎明出现黑颈鹤醒来。尽管按快门的手冷得发僵，留住大山包中瞬间的精灵倩影和一只只千姿百态的飞禽生命，让人恍然领悟到严寒中人生的无限乐趣。

心静如水的大山包留住了这些不平凡的天外来客，在于它自身的洁雅和博大的胸襟。放眼无垠耀眼的白色大地和高山深谷，再加一群仙鹤列队起舞，引吭高歌，空山回应，雪域留声，已把羊群关进圈的守山人、双耳冻红的摄影者，以及踏雪的背包客，无不被大山包所感动，这是广袤冬天的温暖和胸怀，也是一幅展开的唯美版画。肌理明晰、刻艺生动，黑颈鹤长翅搅动一天琼花，白雪皑皑中缩焦了顽强的生命启示。

草原的画幅总是巨大而铺张，犹如在天地间晾晒的唐卡，向人间展示着四季不同的色彩，是绘画艺术，也是精神创作，让你在草长莺飞、岁月枯荣中去领悟人生的恬淡、春风吹又生的顽强。

酒仙湖散曲

谭仲池

书桌上摆着一本狗年的日历，我几乎每天都要翻看日历上的日期。

今天是立夏的日子，我很兴奋。早饭后，就要陪北京来的作家们，到攸县东部采风，去一睹酒仙湖的胜景。

头天晚上，下了第一场夏雨。雨的湿润和清凉，全都弥漫在酒埠江的群山溪流、峡谷与湖泊上。车子刚旋上山巅，一片如雪花般蓬松厚软的油桐花就映入眼帘，在早晨明丽的阳光映照下格外耀眼。

这样漫山遍野的油桐花，我还是第一次看到。此时，坐在车上的作家们都一齐惊叹这片神奇的油桐花海。到了湖边，很奇怪，大家并不在意眼前的酒仙湖，而是匆匆走向绕湖的步行曲径，去近距离观看浮在绿叶上盛开的油桐花。大概是昨夜风雨的缘故，曲径上已铺满了从枝头落下的油桐花。那白如雪的花，由五朵白色的花瓣组成，花蕊纤细如针，呈红黄色点缀其中。细数落花，品其姿、其色、其状，我闻到了一股清甜的香味，心情变得凄然。我不忍心看着有的游人，踏碎它的灵秀，无限痛惜地离去。

游艇载着我们在酒仙湖上飞驰。眼前的苍山碧水，头上的白云蓝天，耳边的清风絮语，还有湖上翻卷的涛声，都在纵情地展现酒仙湖的妩媚、深幽、浩渺与传说的神奇玄妙。尤其是在树上蓬勃怒放、在地上寂寞沉吟的油桐花，让我不能自已。

在心的惆怅中，我走进了酒仙湖东南山麓的宝宁寺。宝宁寺始建于唐天宝十年（751），为佛教曹洞宗祖庭，其开创人就是称呼“六祖慧能大师”为师祖的攸县人——旷长髭。寺中的“三奇”：千年沉水樟、四季青绿的观音芋、长汲不涸的千年古井，就见证了古寺在中国佛教圣地的非凡影响。我伫立古寺池边的石碑廊前，读明清著名思想家王夫之的《宝宁寺志叙》。他言道：“近者樵径分风，虹桥判雨。净言盈室，蕉鹿难求。宝宁左顾而问寻思之经，右盼而驾踦踏之驹，汇其歧流，契其交领，良法界之大观矣！”“然则破藩而游，溯源而一，以远笑拈花，近邀芦渡，吾知在旦暮之间也。”读罢，我仔细察观古寺的风霜留痕，看苍穹白云飞渡，顿觉心胸豁然开朗，天澄风轻，明光四射，刚才脑子里充塞重叠的那些油桐花，已化作玉色蝴蝶在空中飞舞。

在这个时候，酒仙湖的影子也在我的眼前慢慢清晰起来。酒仙湖景区植被极好，属中亚热带常绿阔叶林带。境内生长维管植物一千二百三十八种，其中国家级保护植物二十种，有红豆杉、黄檗、伞花木、榉树、八角莲、沉水樟、天麻、银雀树和青檀等。这些树木郁郁葱葱，千姿百态，生机勃勃，在眼前呈现出一幅兴盛的森林画卷。这时，我想起了关于酒仙湖的传说。远古之时，罗霄山脉东南峡谷的攸水上游有个寒婆坳，居住着一位心地善良的倪二嫂。因她遇见来到湖边干渴求水的神仙铁拐李，便将自己制作的云雾茶泡给他喝。其清凉味美的“寒婆茶”令神仙感动。铁拐李便将自己修炼千年的酿酒秘方送给了倪二嫂。从此倪二嫂酿出的酒，销售四乡，清香浓郁，飘溢山间湖汉溪流，酒埠江便由此得名。然而，光阴如梭，历史演变，人天共造，山河巨变，酒仙湖变成积水面积达十一平方公里，蓄水三亿多立方米，灌溉湖区上下的四十万亩良田的高峡平湖，则是中华人民共和国成立以后的事。

那是1957年4月，时任中共中央书记处书记的攸县老乡谭震林回乡调查，当他听到农民呼声，迫切要求兴修水利时，非常关心支持攸县人民动手兴建酒埠江水库。于是在古老酒仙湖的生息空间，就涌来了成千上万的水库建设大军。1959年5月，在水库建设的关键时刻，已担任国务院副总理的谭震林又回到攸县，到工地上和农民一起劳动。当时，他还亲自调拨一千吨水泥，帮助解决了山体裂缝、大坝渗水的安全隐患。方使这里从一个峡谷小湖，到一条江，筑起拦水大坝，最后变成了一座造福子孙后代的美丽的酒仙湖。眼前酒仙湖的山山水水媚态，恍惚就是“悠悠乎与颢气俱，而莫得其涯；洋洋乎与造物者游，而不知其所穷”的空灵世界。这是一段刻骨铭心的，攸县人民永远难忘的回忆。这种回忆，会激励后人永不停息地奋斗，去创造更加美好的生活和未来。我这个异乡的游客，也在这里得到了一份宝贵的精神财富。

随着时间流逝，太阳慢慢隐进西边的云层，暮色在酒仙湖的上空渐次朦胧。如网般缥缈地笼住了湖岛、岸畔两侧山峰、船帆和水榭亭阁，白天蒸腾的喧闹、激动和浪漫欢愉，只一瞬间，这里的一切都趋于一种恬淡的宁静。唯有清脆的鸟鸣，从浓密的树枝缝隙里，散落在月光淋漓的地上，使你在纯净的自然怀抱中，感到有一个美丽的精灵向你靠近，亲切而轻盈地为你抚平一天奔波的疲倦和涌动的感情波澜，让你迅速进入“引觞满酌，颓然就醉，不知日之入。苍然暮色，自远而至，至无所见，而犹不欲归。心凝形释，与万化冥合”。

夜就这样降临了。我凝望酒仙湖山麓人家和湖岸亮起的闪烁灯光，就觉得夜色中的酒仙湖，变得更加幽静和深邃。湖面在光影中泛起的涟漪，奇妙地在编织夜的散曲。

酒仙湖的散曲是绝尘的、古典的、优雅的、墨绿的，更是唯美的、纯粹的。它蕴藏着大自然的灵动，生性的蓬勃，漂泊的从容和宇宙的禅机。在这样的时刻，我清醒地意识到必须学会珍惜与虔诚地阅读大自然的神圣意志，和它创作的生生不息的生命密码。在璀璨的星光音符中，感知生活的富美，身心的庄严，黎明的觉慧，白昼的丰盈与夜色的芬芳，唤醒自己对天籁音乐和天赋人间生命的向往。

此时的我，走进了一座静谧的坐忘心斋，自己能够将白天见到的一切和思考的一切在夜曲的旋律中过滤，然后融入夜色深处轻轻波动的、没有任何污染与干扰的，天人合和，氤氲的自然之道，生发出纯朴之美。悄然荡涤尘世的荣辱，功利得失的深重纠缠。拂去往昔的失落、烦恼、抱怨，深切体验自然宇宙与人生的真谛，真正把握住人性的真美境界，让天性的火焰涅槃出一颗自觉清除贪欲与奢情，而回归自然的无私、无执、无偏的无我之心。当一切的冥想都归依于天地的无尘与自然之道的智慧源泉时，我情不自禁地想起梭罗在《瓦尔登湖》里关于湖夜的描述："牛蛙鸣叫，邀来黑夜，夜莺的乐音乘着吹起涟漪的风从湖上传来。摇曳的赤杨和白杨，激起我的情感使我几乎不能呼吸了；然而像湖水一样，我的宁静只有涟漪而没有激荡。""我不时体会到，最甜美、温柔、鼓舞人心的社会，都可以在自然中找到。连可怜的厌世者和郁郁寡欢的人也可以找到。"说得真好，这不也就是今晚带给我的"天地有大美而不言""原天地之美而达万物之理"的生动诠释吗？夏夜的酒仙湖，你原本就是宇宙精神的生命家园。我要投入你的怀抱，用岁月的光辉与诗歌酿酒。从此决不让灵魂在这波浪翻卷的文明生活海洋中遗失，要勇敢地接受"经历岁月风暴、冰霜、旋风乃至混沌迷茫与颠簸，黑暗的一千零一种考验"，而欣然抵达人生的彼岸。

夜已经很深了，我所处的四周，浮动着清凉的墨色。我就这样站在一棵老树的影子里。坦率地说，这些年我见过许许多多的湖，都有它们的故事和传说，其中的故事和传说除了充满神秘和人类美好向往的色彩，更多的是沉淀着此地的深厚文化底蕴与人文精神，总是会给人一种难得的文化旅行的韵致和记忆。酒仙湖滩头伫立的攸女雕塑，就是由一个美丽动人的传说，所赋予的神采与灵光。晋朝皇甫谧在《帝王世纪》中引《连山易》曰：“禹取涂山氏之子，名曰攸女，生启。”此后郦道元在《水经注》中描述得更明确：“攸水出东南安成郡安福县封侯山，西北流经其县北，县北带攸溪，盖即溪以名县也。”这就说明攸水、攸县皆由攸女得名。令人遗憾的是，也有一些地方的风景名胜，往往因为有的故事和传说编得太离奇不可信，反而消减了这些名山、胜水和独特文化遗存的自然本色和文化魅力。眼前的酒仙湖，只有一个关于攸女的故事和酒仙报恩秘传酿酒之方的传说，然而它却成就了酒仙湖的福泽和美名。亦如仙人杯中的酒，滤尽了尘世的铅华和浮躁，盛满的是天地日月的温厚与明澈。所以，湖中日间荡漾的湖光山色，跃动的鱼影锦鳞，自然会点燃人们想象的火光，照耀出大地与天空之间交融生成的绝美灿烂。而此刻，酒仙湖幻化出的夏夜妙境，不需要任何的矫情故事与华丽词句来雕饰它。只要让它的本色与本真保持纯粹和灵动，就足以让游人叹为观止。也就在这时，我突然望见湖侧的油桐树林掠过一道道银色闪光。我知道，这是油桐花凝聚的光芒，它要淹没仅有的微响与眼前所有的真实姿态和光影繁华。正如清拙正澄在其《潇湘夜雨》一诗中所云："若具摩醯顶门眼，暗中一点不相瞒。"这种"江湖客况禅相似，关塞乡心梦乍阑"的山湖诗境，该是人生最难得的心灵抚慰和怀乡望远的生命归宿。舍此，还有什么可以填充一个人内心世界可能出现的断层与裂痕呢？

回到宿舍，已是夜将破晓，我仍无睡意，还在回望离酒仙湖不远的那个名叫"桃源"的村子。从那个退休后不要报酬，自愿到村上担任第一书记的张成老人微笑的脸上，我读出了一名老党员的人生信念和生命价值追求。他的心就像酒仙湖的水那样透明清澈，像油桐花那样洁白无瑕。也就在这个村庄的燕子石山上，生长的千年"活化石"红豆杉的种子，曾有幸搭载"神八"和"神九"飞上了九天，去接受高温、氧气奇缺的炼狱洗礼。返回故乡后，现播种在攸县丫江桥镇同富村的"神舟红豆杉苗圃"，培植新一代的优育新苗，使之永久地惠济苍生。这是大自然与人类美好向往共同创造的天人奇迹。它同样也在孕育新的梦想，激励广阔天地一代又一代寻梦圆梦的人。

所有这一切，都在感动着我，都在给我灵感和激情：

雨润山涯赏新茶，

油桐散雪绽碧霞。

古寺石刻赊月色，

仙湖捧酒醉万家。

我吟诵着心中蹦出的诗句，悄悄开门，跑到了湖边，又走进清凉的月光里。我舒坦地伸展臂膀，张开手掌，甜美地接纳着从夜空飘落的风中雨露，尽兴地闻着从天堂降临下来的酒香。

跟鼠

王征雁

太阳刚刚拱出地平线，在这深秋时节，远远望去，红松林就像一条宽宽的翠绿色玉带，束在大山腰间，将大山扮成了一个身着盛装的东北汉子，阳光热烈，敦厚雄壮。

“就这儿了。”小吕把电动车停靠好，见我要从车厢跳下，赶紧过来搀住我，“慢点儿！”她将车厢里备好的两节木棍分给我一根。这是根柞木棍儿，直径三四厘米，长也就五六十厘米，握在手里，不粗不细，不长不短，还挺瓷实。又拿起两个小筐，也是一人一个，只是她筐里多了一条编织袋子。

“走，进去吧。”

随小吕进入林中，就像进入了一个巨大而静雅的厅堂里，心中反倒一下子闲敞起来。红松并不拥挤，甚至有些稀疏，就像一个个绅士，笔直地站立着，谁也不随便走动，相互间没有明显亲疏，保持着恒定距离。它们举着硕大的翡翠酒杯，有的在脉脉对望，有的在礼节性寒暄，有的附耳窃窃私语，究竟说些啥，我什么也没听到，耳朵里只有寂静，就连踩在厚厚的松针上，也只有嗞嗞的微响。间或传来几下“嘎、嘎”的声音，那是有人在敲树催鼠。林间偶尔也会有一两棵柞树、椴树或桦树，和一些叫不上名字的灌木，显得很不协调，犹如雅客纷至的酒会上突然闯进来一个马夫甚至乞丐。尤其是柞树，黑骨嶙峋，枝丫歪斜，火烧雷劈过一般，与红松为伍，更显邋遢鄙陋。林下却很干净，遍地松针，铺就了一张淡黄的地毯。松脚全都穿着绿鞋，清一色老款苔藓面料，鞋腰略显低浅，与其高挑的身材不成比例，若是高筒绿靴会显得更加俊朗些。远近零星地点缀些或红或黄的阔叶，以及碧绿的苏铁蕨。呼吸着清凉的淡淡松香，走在这又厚又软的地毯上，真的如踩云团，如入仙境，舒服又惬意。

小吕在前边轻轻走着，我在她身后悄悄跟着。她着一身迷彩服，似乎裁改过，很合体，与昨晚装束大相径庭，一副飒爽英姿，只是围在颈间的那条红纱巾，和那束摆来摆去的马尾辫儿，却不住地抒发着女性风情。“你别总跟着我，去跟鼠呀！”“我找不到。”她回头莞尔一笑，似乎才刚想起我是初次进山。“你可别小看这小小松鼠，它会与你斗智斗勇呢！给你讲再多也没用，多来几趟就明白了。”她边走边给我上课，“跟鼠，能养性呢，这时候你才心无旁骛，只有鼠，只有塔。”突然，她将木棍一下子向前投掷出去，一只小动物迅疾地爬到树上。她说，这就是松鼠，因其通体黝黑，当地又称黑鼠。“你就跟着它吧。”她则右手持棍，左手提筐，蹑手蹑脚地继续向林中深入，去找另外一只黑鼠了。此刻松林里，远远近近已有多个人影，有的树桩般伫立，有的缓缓游移，在淡淡雾气中与树身时错时叠，如形似魄。

“跟鼠”是当地人采集松子的一种方法。松果采集，很多年前就已承包给个人，松子成熟后，承包人会雇用许多人上山采摘，此项工作一经完成，周边的人们便蜂拥而至，采集漏采的松塔。他们有的练就了能爬善摘的好身手，脚上套一双“脚扎子”，在树上爬上爬下，矫健灵活，如猿似猴；有的在树边架起梯子，爬至梯顶，再伸出带铁钩的长竿，就可将松塔一一勾落。但近几年接连有事故发生，多是从树上跌落。于是，许多人便选择了“跟鼠”这种零风险的采塔方式。黑鼠在树冠里上下左右逡巡，你就站在不远不近处，将目光紧紧锁定那个小小黑影。若它跳到另一棵树上，你就跟进几步或调整一下观察角度；若它隐匿于绿荫中，或倦怠不前，你只需上前用木棍敲击一下树干，它便继续劳作了。有时，它并非一定要在你视线里，沿着树枝游走，尤其在这棵树跳到另一棵树上时，那颤动的枝梢，便分明标注了它的位置。遇到松塔，它就嘴叼塔鳞，两手抱塔，“咔吧”一下将其扭下，接着会听到“啪嗒”一声，那已是松塔落地。随即，它会迅速地沿树干冲下来，试图将松塔叼起运走，这时，你要赶紧将棍子投掷过去，它必会掉头又回到树上，开始下一个松塔的找寻与采摘。地上的松塔，自然就是你的了。但黑鼠遵循着严格的作息时间，清晨五点到七点，下午一点到三点，严格遵循四小时工作制，其他时间，概不奉陪。若有加班加点，纯属个例。

昨晚在大妹家奶吧里对酌时，借着酒兴，妹夫俊庭给我讲起这些，他把整个跟鼠过程及要领描述得绘声绘色，把我的兴致撩拨得风发盎然。这时候，一位女子推门进来买奶，看上去也就三十七八岁的样子，穿一件短短的枣红色风衣，一条黑色体型裤，颈间围一条淡蓝的纱巾，圆圆的脸上泛着笑容。俊庭问："今天又没少捡松塔吧？""不多，百十个吧！"俊庭对她说："你姐出远门，我还要看店，大哥没见过跟鼠，明早你就带他去见识见识呗？""好呀，一言为定，四点半出发。"她走后，俊庭介绍说："这个小寡妇可不一般。春天，到晒场拌肥，去水田插秧；夏天，上山采蕨菜，刨中药；秋天，采蘑菇，采猴头，跟鼠捡松塔；就连冬天，也承包了街道清雪任务。一年四季不闲着，哪年都收入好几万元。丈夫前几年出车祸死了，公公脑血栓瘫在床上，婆婆双侧股骨头坏死，走路都很艰难，儿子现在又上了高中，正是花钱的时候，可人家从不愁眉苦脸，整天乐呵呵的，就知道干活儿。还特别孝敬，每天都给老人买鲜奶。要说跟鼠，她可谓专家了，谁都没她捡塔多。"

我发现我跟的这只黑鼠，非常精致漂亮，皮毛油光锃亮，像披着黑色的绸缎。走在松枝上，就像杂技演员走在钢丝上，只是演员尚且摇摇晃晃、小心翼翼地保持着平衡，而它却如履平地，游走如龙，稳健迅捷，轻松自如。长长的尾巴似乎比身子还长，水平着向后伸展开去，一旦停下，便又高高竖起，像一根天线，搜集着周边信息。它一定有着丰富的采塔经验，你看它先是蹿到树的顶端，居高临下察看一番后，才又下到树冠中横向巡游。上上下下终无所获，便跳跃到另一棵树上。忽然，树上隐约传来“咔吧”一声，它一定采到了松塔！可我并没看到松塔掉落的影子，也没听到那“啪嗒”一声落地的声音，走过去用棍子使劲敲打几下树干，却见它又轻装出发了。它只顾游走，好像再无心找塔，且明显加快了速度，在树间蹿来蹿去。此时，我一丝不苟地仰脸跟踪，却早已失去了东西南北。不知在林中绕了多大个圈子，忽然发现，这不又回到了刚才那棵树前吗？这时，那黑鼠却不见了。我正疑惑地搜索着，一低头，只见它叼着松塔已跑到远处，我正要把木棍掷去，那黑影却倏然蒸发了。鼠小鬼大呀！掰塔时，它一定是发现了我的跟踪觊觎，竟然将松塔暂置于树杈上，先是将我调离，之后又辗转迂回，最后伺机将松塔取走。是鼠太机智，还是我太愚蠢？把空空的筐子狠狠摔在地上，心中的屈辱油然而生。

这时候，小吕右手持棍，左臂挎个玲珑小筐，一边盯着树上，一边走走停停地游移过来，这才发现，她后背上已多了一个编织袋子，鼓鼓的，至少已有三十多个松塔。经过我身边时，她瞄了一眼倒在地上的筐子，又看看我，脸上闪过一丝微笑，只说了句“加油哦”便仰起头，又去跟她的黑鼠了。但她究竟往哪走，取决于鼠，这时候，人是没有方向的。

松鼠的洞穴并不在红松林里，它们采集到的松子也绝不储藏在此，应该是在落叶松林和次生林里。红松林属于松鼠们工作的公共区，若将松子储藏在这儿，一是权属不好界定，二是采塔人众，多有惊扰。所以，此外上下的其他区域，才有着它们各自的领地。所采松子，也并非一定全部存储于地下，有的就将整个松塔搁置于树杈上。去年冬天，人们给旁边的落叶松清林打杈时，便不时有松塔被震落下来。正是松鼠的这种特别习性，才为红松种群的扩展提供了契机，因为鼠仓设有多处，难免就有遗忘或遗漏，这些埋于地下的松子，在来年春暖花开雨水到来时，便萌芽了。

我终于又跟上了一只黑鼠。没多一会儿，便听到“咯吱咯吱”声，一些碎屑纷纷飘落下来，我想，它一定尚未早餐，便在树上直接嗑食了！于是，赶紧跑到更近处，用力将棍子抛向树冠，怎奈我力不能及，棍子刚至半空便坠落下来。我又到树下猛敲松干，可它死抱松塔就是不离不弃，啃下的碎片竟撒到我脸上，对我公然地挑衅和羞辱！我抬脚使劲踹树，松树纹丝不动，倒把脚硌得生疼。这时，黑鼠却踩着轨道似的松枝，小火车般开溜了，只是多了一节车厢——嘴里叼着的那枚明显变小的松塔。松塔上的叶片叫果鳞，青时严密包裹，干后便向外卷翘起来。我恍然大悟，这个鬼精灵，为了减轻运输中与枝枝杈杈的剐蹭及自身负载，这才将干翘的果鳞扒掉，只留顶部少许，以便叼衔。它明显加快了速度，试图将我甩掉，有时则左躲右藏，想离开我的视线。它跑我紧跟，它停我敲树。也许，这是它今天采到的第一枚塔，但这也是我今天有可能收获到的第一枚，甚至是唯一的一枚。所以，它越是不松口，我越是憋足劲集中眼力死死缠住它。当来到一棵老柞树旁边时，它纵身一跃，跳了过去，可紧接着就没了踪影。柞树枝疏叶枯，根本就没它隐身的地方，能藏哪里呢？我愣了一下，忽然醒悟，迅速跑到老树后面，却见那黑鼠正沿着树干背面往下溜呢，见我赶来，才又迅速掉头爬回树上……

也不知跟了多长时间，揉揉眼，觉得有些恍惚。这时，林子里尽其所有，都开始与我作对。满坡红松哪还有半点斯文，全都变成了独角兽，一个个绿蹄子纷纷奔跑起来。它们年岁大，心眼儿多，一会儿扔几根枯枝，一会儿把裸根横到我脚下，暗暗使绊子；几棵杂树荆条也突然冒出来瞎起哄，不是抽我一鞭子，就是挠我一爪子；最可恨的就是那不朽不烂的树墩子，竟不失时机地狠狠踢了我一个大跟头，好像与我有彻骨深仇。看来，松鼠与它们才是一家人、一条心啊！尤其是红松树，搞不懂它们为何与人结仇，偌大个红松林，哪一棵不是人工所栽，可它们忘恩负义，不念旧情，竟三番两次地把采塔人从它肩膀上一杵子捶下来。可对鼠却截然相反，每棵树都伸展出千百只手，将其接力般默契传送，这棵才刚递出去，那棵便伸手接过来，树与树之间搭起了千万座桥梁。即便两树太远够不着，可每当鼠子跳跃过去，总有一只柔韧的手臂将其不差毫厘地稳稳接住。在这场艰苦的周旋角逐中，我好像是个入侵者、掠夺者，而松鼠倒似一直站在道义的制高点上。自然界也讲得道多助，失道寡助吗？

就在“逃”与“跟”胶着之时，一个黑影突然在眼前坠落，接着就是“噗——嗒”一声。原来，那松鼠也已疲惫不堪，在做一个难度系数较高的跳跃时，动作变形失位，便与松塔一起坠落下来。呵呵，世界顶级的体操选手，也难免一失呀！那黑鼠只在地上打了个滚儿，便又迅捷地回到树上。我捡起松塔端详，只见光光的顶部，仅有三四片果鳞向外翻展着，花瓣一般，很像一个带叶的菠萝。它的松子们，一层一层，一圈一圈地裸露出来，褐色小屁股齐整整撅向外面，婴儿般熟睡着，之前所发生的一切，竟没能将它们惊醒，小身子依然挤在那狭小的子床里，做它们绿油油的梦。那黑鼠趴在树枝上却不走，俯视着我“吱吱”叫个不停，两个前爪还不时地拍打着松枝。鼠叫无疑是门外语，我听不懂，但料定是在咒骂我，从它的动作和神态里，我看到了愤怒、沮丧和无辜。我心里忽然一颤，一种悲悯愧疚之情油然而生。我决定放弃再“跟”它，我怕在这场人鼠游戏中将自己迷失掉。

我在离车不远的一棵红松旁坐下来，一边歇息，一边等小吕。

跟前有个树墩子让我十分震惊，枝枝杈杈胡乱地堆在不远处，如案发现场遗弃的破衣烂帽，而树身却没有了。树墩粗细如中年人腰围，截面还很鲜亮，一圈圈年轮上，有粒粒松脂鱼子般凝结着，阳光在树隙间斜射在上面，如珠似钻，如泪如血，哭祭着又一棵生命的消失。树墩一侧，那棵苏铁蕨却未伤毫厘。看着它，我脑海里便不由得浮现恐龙、始祖鸟、热带雨林等。据说，苏铁蕨与恐龙曾共存于侏罗纪时代，但主宰全球生态系统达一亿六千万年的恐龙，后来还是灭绝了，而苏铁蕨却生存至今，难怪现在已是万木萧索，它却仍是绿意盎然。七八张椭圆披针形叶片，像阔大的绿色翎羽，一扇扇围成圆形向上斜立着，越及尖部，越向外翻卷，像巨大的花朵开怀绽放，更像一个极度夸张的喇叭，以我们无法察觉的频率，向空中吹奏着亿万年前的生命乐音。

小吕终于回来了。她说："帮我把袋子卸下来，我也该歇歇了。"这无疑又是一个丰收的早晨。待她坐下，我试探着说："你该找个男人了。"她苦涩地笑笑："也有人介绍过几个，一听我要带着公公婆婆，就黄了。"接着，她指着我筐里那枚光秃秃的松塔，戏谑道："这还不够黑鼠一天的口粮呢！"我也揶揄她："我还担心你把自己弄丢了呢！"心里却想，对于我，足够了——今天的这枚小小松塔，不就是一片森林、一座大山吗？

猫猫石上的粗陶和红茶

宁红瑛

我要在潦浒建座房子，坐落在依山傍水的长龙村子中间，沿龙窑传承，袭潦浒古韵。青瓦飞檐，土墙夯实。柴烧的土陶泥罐砌成围栏，上面种满多肉，还有吊兰和藤蔓，它们紧紧缠住罐子的样子，像是上了一圈又一圈的绿釉和碗花。把喜欢的品种都种上，爬满院墙漫过眼帘。院子里随意散放着很多陶罐，随意之间有许多错落之妙处，随处皆有致。

我要在这座房子里开个茶铺，一半栖居，一半生意。不要门头，不写招牌，一块木板立于房侧，只卖滇红。“红茶”二字用粗陶碎片粘贴而成。茶室竹帘虚掩，你进院就能看到，茶台是我之前看上而舍不得买的那套，缅甸木镂花，本色不上漆。红茶和粗陶渐次摆放货架，货架也要缅甸木镂花，一样本色不上漆。大小不等的罐里存放不同的红茶，也会偷偷藏一点喜欢的普洱私货，不遇有缘的你，我不轻易拿出。不售红酒，不磨咖啡，滇红只售临沧优质的大叶种，一叶、两叶而不是单芽的那种，茶之质一定要配得上陶之性。

院子里还要有几棵树，鸟儿来了可以栖居，它们和绕梁的燕子共同分享主人撒在院子里的稻谷，悠闲啄食又不相互争抢。从春花烂漫桃红梨白到秋意阑珊叶落满院，我都用图片和文字把它们妥放于时光缝隙处，你有空就进来看看，你如若像喜欢粗陶一样喜欢这里，我就会很开心地给你递上一碗红茶。其实你来或者不来，碗里的红茶一直热着，就像梁上的燕子和树上的鸟儿，它们并不太在意来的客商、去的客人。

我的隔壁一定要住着老王。左边的老王是那天在潦浒伏案制作陶器的陕西咸阳人，既有秦人的风范又有潦浒艺人的品相。老王携家带眷来潦浒十一年，做陶、卖陶、写陶，只经营与陶有关的物和事，他不在意作品评了几次奖，拿到多少国家级认证书。他一再说起应该把他算作潦浒人这件事，他觉得这个很重要，他还要在潦浒几个十一年，或者他的子子孙孙们还要在潦浒多少个十一年，或者不走了。他们一家的手都在工作台上拿捏、雕琢、随陶泥旋转。为生计，因兴趣，我看不出来，但他们的专注和痴迷我看到了。

我右边的老王常常外出，时不时有人会到我的茶店来打探他和他的陶瓷，以及与陶瓷有关的历史。看茶之后我会帮他们打个电话给老王，有时接得通，有时接不通，这次接通的时候告诉我在宣威，说回了回了，过几天又在富源，只要有陶瓷作坊的地方就有老王在寻访，只要是陶瓷艺人的栖所就有老王的探究。后来老王编写了《曲靖史话》，后来老王接受电视台专访，后来找老王的人越来越多，后来，老王彻底关机了。去了更远的县份、更多的地方，收集了诸多的陶瓷碎片，精品、孤品，从元明清时期，到民国，再到现代。每次回来他都把它们一一作注，陈列在他的陶瓷博物馆里。

再后来，找老王的人多了，问潦浒历史的人多了，也习惯了打不通或打通了又辗转他县的老王总是不在。耳濡目染，我自然而然就对潦浒的历史有了一定的了解。庄重古朴的潦浒古陶、景观陶、园林古建筑陶，鸡公陶和鼎，“云瓷青花”系列，每一样我都感兴趣。如果你想知道曲靖碗花对景德镇瓷器的贡献，最早的茅台酒瓶的定制，石林牌碗外销的花色和品种，或者你要了解历史人物对陶瓷史的推动和发展，潦浒陶瓷在千年历史长河中的兴起、积淀和突破……我们可以坐下来慢慢聊。聊着聊着你会惊喜地发现，潦浒的烧陶制瓷技术，几乎涵盖了人类陶瓷史上各个不同阶段全部的工艺特征。这就不难理解这个叫潦浒石又名猫猫石的地方，为什么声名天下。左边的老王不就是这样慕名而来的吗？然后我也来了。

慢慢地，来的人多了，品茶论陶、谈瓷说碗的人多了，我的生意自然就好。出出进进忙碌的时候，我总能看到左边老王家的土陶店，还有土陶店门前一直忙着拾掇陶罐的姑娘。我和这姑娘常常有一句没一句地聊着，龙窑里昨天又出了几件精品？今天又被哪个有缘人带走了？遗憾破损的那只耗费了多少时日，慨叹那又是怎样的独特精致。

然后我就会觍着脸说，残缺的那只还是给我吧，我再种株植物或栽株水培。姑娘慢吞吞进屋去，我常常担心，她会发个信息借故几小时不出来。她还是出来了，她一边往我这儿走一边爱不释手地端详破损处，我边接杯子边往她手里塞包茶，这是一只淬过火的柴烧主人杯，从杯口到杯身的完美设计，从里到外的工艺打磨，都匠心别具，我暗自窃喜又不敢太露声色。“姐前次给的茶都还没喝完呢。”我没等她说完，没敢看她眼神，摘一株大小端相合适的水培插上，立即置于茶台。

一天隔壁老王来串门，看见他的杰作变成我案头的茶饰，他惋惜地看着，眼睛都拔不出来，我赶紧乖巧地递过去一杯红茶。有时他一坐一晚上，一句话不说，抽完一包烟走了；有时他和我们说茶论陶，说一件作品和一篇文章一样，从取材、立意、拿捏、淬火，到最后的釉和碗花，不管精品还是残次品都浇铸着艺人的思想和灵魂。我看着案上那些匠心独具的残次品，自始至终没敢说出“残缺美”三个字。我担心像当年安慰同病房生产的一个母亲，说她女儿的六指也很美，确实很美！结果话音一落，那母亲哭得比之前更伤心了。

年头做久了，日子处长了。张家的残品、李家的次品、王家过火的陶，渐渐就摆在了我的案头、我的院子、我家的每一个地方。栽花、种多肉、培绿植……经年之后，我的院子慢慢活了。长着艺人的灵性，藏着匠人的灵魂，带着猫猫石的图腾，整个院子彰显着低奢古拙之美。

有一天，南盘江的水，猫猫石的火，慢慢将我捣碎、揉捏、淬火、焚烧、雕琢，我在历久弥新的岁月里涅槃，也成了你遥望多年的老王，抑或是老王隔壁的粗陶大叔，红茶姑娘，也可能是一只盛红茶的碗，种多肉的罐，猫猫石上的陶瓷碎片。

后来，猫猫石成了丽江古城，潦浒成了景德镇，你从天南来，你从海北来，在慢时光的猫猫石，我带你逛逛龙窑，玩玩泥陶，捏捏泥罐。累了，到我的茶铺坐坐，渴了，粗陶罐里有红茶。我们慢慢悠悠鉴茶、泡茶、品茶、道茶……你把滇红收藏在泥陶泥罐里，你把泥陶泥罐带向世界的每一个地方，从此世界的每一个地方就有了粗陶与红茶传奇的芬芳。

约见石头

朱华胜

攀枝嘎冲子头村，杏花正谢，梨花正白，桃花正红。

杏花、梨花、桃花掩映着一栋栋低矮的房屋，石头砌成的墙体，泛白；石头搭起的隔断、围墙高低错落，一盆盆花草摆在石墙上。村路小道，石头铺就。石路边沿，有灰白的路桩。桩上拴着黄牛。牛吃着苕子，甩着尾巴，受到惊吓，背上的蝴蝶起起落落，扑扑闪闪。几条小狗在狗窝前嬉闹，狗窝由几块大石头搭成。树下有大大小小的石缸，缸里有水，一条小黑狗伸着红舌头舔水，哗啦哗啦响。石墙脚有废弃的石碓窝，还有石磨、石板。房前屋后，有大大小小的菜地，用石头围起。大的种白菜、苦菜，也有的种油菜，油菜花摇曳着金灿灿的黄；小的种茴香菜、薄荷、萝卜和青蒜，也有的种大葱、小葱，绿油油如露珠点点滴滴。

乍一看，是一个清秀的小山村，仿若世外桃源。然而当我进入村子里的农家，方知今天得来不易，生活的艰辛，美丽的背后有苦痛，石头默默地透着斑斑泪痕。

村子在石山洼子里，四周环山。山高石尖，悬崖峭壁，抬头望山帽子掉，低头见沟脑壳晕。山是石山，不长树，不生草，只长奇形怪状大大小小的石头。村里通往山上的石头路，像条灰白色的长蛇蜿蜒卧着。路旁，一排排石头砌成的灰白地坎，石坎无草。坎上是窄长的台地，一台接一台，一台比一台高，向上延伸，连绵不绝，像灰白色天梯，一直伸往白白的雾里，融为一体。那一瞬，我有些恍惚，仿佛雾也是石头码成的，整个天空像一口大石锅，反扣在冲子头村顶。

爬到半山腰，我靠着石坎大口喘气。脚下险峻，石坎垒成台地，一台下又是一台，直达村庄。其他几座山也是如此，何等鬼斧神工，何等壮观，我有种如梦如幻的感觉。这奇迹不是大自然的杰作，而是由冲子头村村民的汗水筑成，是他们的伟大创举。

我拿出手机，连拍了几张台地，发给一个朋友。要不是在现场照的，他真不敢相信，还以为是画的。农民真伟大，他们是创造奇迹的人。

从连排台地下来，我来到当年带领冲子头村村民炸石造地的刘家有家。

九十岁高龄的老人刘家有说起炸石造地，顿时来了精神，声音高了许多。不止冲子头村，整个攀枝嘎大队，从他记事起，缺土缺水缺粮，唯独不缺石头。他爷爷的爷爷传下来一句话，土如珍珠水如油。有的人家好不容易收集到一点土，埋了几粒种子，一夜大雨，山洪暴发，被冲得无影无踪，只有媳妇的泪水还挂在脸上。村民饿得皮黄寡瘦，姑娘巴不得外嫁，小伙子找不到媳妇，谁愿意嫁到穷窝？咋个办？有人说，要活命只有搬家一条路。当时，刘家有是冲子头村生产队队长，正值壮年，有使不完的力气。他被大队叫去开会，主持会议的人姓马，是攀枝嘎大队的书记。马书记声音高昂，“我们不怪爹不怪妈，只怪生在攀枝嘎。难道我们攀枝嘎人认怂？连自己的肚子都填不饱还叫人？我们有脚，有手，有力气，这就够了，搬家不如搬山。”

刘家有说到这里停了下来，身子有些起伏，喘气有些粗。我发觉他眼里亮了起来，便问，后来呢？刘家有抹抹嘴，他老伴坐在他旁边，顶着一块红顶帕，气色比他好，说："后来呀，他赶回冲子头村，当天便开大会。"刘家有转过头，盯住老伴，说："你只说对一半，我还是共产党员。""哦，我忘了，你也是共产党员。"刘家有说着笑了起来，补了一句，"当时，我们冲子头村只有我们两名党员。"

是啊，谁叫刘家有是生产队队长还是一名党员呢？攀枝嘎大队马书记布置给他任务，他牵起头，率领冲子头村生产队的人干了起来。男人开山炸石头，女人在炸石前抠走石缝里的土，又把撬碎了的石头挪走，老人送饭、送水。当天干完活，当天村会计登记工分，按工分分粮、分物。一天连一天，不分季节，无论风雨，不顾寒冷，病了也不休息，轻伤咬咬牙，挥汗如雨，不知干了多少天，不知身上开了多少裂子，不知流了多少血汗，山变成了坡，坡变成了平台。平一台垒一台，垒成一到两米的堡坎，成了石头地埂。平台有了，没土，就去背，去外面背，在石缝里抠。不分男女老少，哪里有土，就去哪里找。终于，一台台地生出来了，是冲子头人生出来的。地最下一层是原来的山石，上一层是大石块，又上一层是小石块，然后是细石子，再上是碎石沙，最上面是背来的土。直到最上一层土垫了有十厘米左右，一块“土地”出生了。

有了土地，冲子头村人种上了谷物，有了收成，交了公粮，自己也分得粮食，吃饱了肚子，生命有了滋养，村子得以延续下来。

原本罕见的燕麦花、洋芋花、苞谷花、苦荞花、豌豆花分季节盛开在石山排排台地里。从不光临这儿的蜜蜂扇动着翅膀纷至沓来，筑巢、采花、酿蜜。色彩斑斓的飞虫家族成群结队赶来，嗡鸣声此起彼伏，仿佛开演唱会，合奏出天籁。甚至几百里外的翠鸟，也会在雨后的早晨悄然掠来，戏耍一天，与最后一抹夕阳一起依依不舍离去。

冲子头村人的嘴巴，像手上、脚上的裂子一样，咧开了，露出封闭了几辈子的笑容。

像冲子头这样的村子，在攀枝嘎还有好几个。整个攀枝嘎的人几乎是同时动手，捣碎石山，平整台地，寻来泥土，一层又一层，一年又一年往上铺。他们硬生生炸了六座山头，生出了一千多亩土地。要问一亩土地成本是多少？用了的炸药、雷管、线、人工工时可以计算，是有价的，然而攀枝嘎人的血汗是算不出来的，他们这种勇于生存的愚公移山精神是无价的。

他们的苦，累，血汗，泪水，付出与坚守，最是人间值得。

刘家有老人伸过手来，我非常震惊，他的左手少了三个指头，说："炸石头弄的。"他老伴赶紧说："没事，不影响他生活。"我摸了摸老人的手，秃了的指头根，分外硬朗板扎，仿佛是石头化成的。窗外射来的光斜照在两个老人脸上，笑旺旺的，暖洋洋的。

我静静望着他们，心里却极为不平静。岁月沧桑只是老了他们的容颜，却丰盈了他们的宽容，他们更加慈祥，那股勇于生存创造神话的精神，不曾灭去。

刘家有受伤后，从不把自己当残疾人看，照样与其他人一样出工出活。别人能干的，他也干，从不退缩。他颇为自豪地说："我是党员，我现在还交着党费呢，她也交。”刘家有指指老伴。

刘家有比老伴大五岁，他们共育有五个子女，两儿三女。女儿们都嫁到了外面，两个儿子早已结婚成家有子。平时，老两口自己过，日子平淡却有味。他们住的是两层石楼房，两个儿子住在旁边。

两个老人坐在长沙发上，面前是火炉子，炭火烧得红旺。

屋子并不大，不过够两个老人住，里外各一间，里间卧室，外间客厅。楼上一层，摆放闲置杂物，堆放五谷农具。两层楼使用木头木板隔起，常年烧炉子炭火，木板熏得漆黑，木框玻璃窗子宽亮，水泥地板干净整洁。

墙壁上，挂着新鲜的腊肉。不多不少，有五吊。刘家有站起来，指着最大的一吊肉说，大儿子给的。其余的四吊差不多大小，分别是小儿子以及三个女儿给的。吃不完，说着坐了下来。他老伴接口，说吃不动了，喜欢吃点清淡的。

告别两个老人出来，走在石头路上，我“哒哒”的脚步声异常清晰。杏花粉红的花瓣落在石头路上，和着叶子，随风舞动。村子安静，没有一丝丝喧哗与吵闹。除了老人和没有到上学年龄的娃娃，村里很少有人出入。青壮年都外出打工，他们不理解父辈炸石造地的做法，更不愿意效仿，然而他们毕竟是开山炸石人的后代，父辈勤劳勇敢、敢于开创的斗志和不屈不挠的精神深深地种在了他们心里，长在他们的骨子里。他们纷纷走出山村，打工赚钱，渐渐地富裕了起来。口袋鼓了起来，脑袋更加灵活。有的在曲靖、宣威城区买房，有的在普立乡上安家，也有一部分回村盖了新房，新房漂亮时尚。墙体依然由石头砌成，与旧房一样，都姓石，一脉相承。

石山、石崖、石壁、石沟、石路、石坎台地、石房，它们构建了石头村，默默地、默契地彼此相守。它们不说话，却仿佛什么都说了。

最近几年，当地政府牵头牵线，有发达地区挂钩攀枝嘎，投钱修路、引水、架线，通到村子。信息、通信和外面一样灵通，电视、电话、手机和小车一样不缺。当年从冲子头村徒步去普立乡来回要七天，现在驾车一个来小时便能到达。

回家方便，周末、逢年过节、红白喜事，村子又热闹起来。同时，也不乏一批又一批怀揣着敬重之情来看攀枝嘎开山炸石、背土造地的游客。

再无人去树根处、石头缝里抠土，慢慢地，石头山上长出了树，生了草，开了花。

过年

崔玉松

那些年，年是从腊月二十三开始的。

“二十三，祭灶神。”爸爸妈妈在外工作，这类事做得有些敷衍。我妈早早起床，点上三炷香，对着回风炉作三个揖，再找个洋芋，切掉一半，把香插在洋芋上，供在回风炉上。

爸妈上班，我们几姊妹在家为过年做准备。我家的房子是爸爸他们单位分配的，据说最早是碎纸房。我爸找来包装板，把房子隔成两层，我和姐姐住楼上。包装板太薄，楼顶太矮，我和姐姐得弯着腰、踩着梁才能走到床边，如果不小心踩到板，包装板会被我们一脚踩断，脚卡在板子里。

腊月二十四，我们从车间要来很多印废的纸，抹上浆糊，墙上、顶上一贴，整个屋子就亮了起来。我们叫

“裱房子”。裱房子这种事只有哥哥能做，尤其裱房顶的时候，一把椅子上面放个方凳，我扶着方凳，姐姐刷上浆糊，递给哥哥。哥哥踮着脚尖，把白纸往屋顶上贴，再用新扫把一刷，大功告成。

裱好房子，姐姐会带着我到街上买年画。那时的年画种类已经很多了，主席像、十大元帅、门神、财神、年画娃娃，还有明星画、风景画、国画等，我家常贴的是国画、风景画，当然门神、财神也不能少，橱柜上边一定得贴主席像，这是爸爸的规定，没有人敢提出异议。

腊月二十五六，开始买肉买油买面买豆腐。那些年，这些东西靠供应，肉要肉票，米面要粮票，油和豆腐当然也要票。攒了好久的各种票，就为了让我们开开心心过个年。大清早，就到食品公司排队，有时候，排一天都买不到，只好第二天再去。这些票跟钱一样，非常金贵，我妈根本不放心交给我们，一般都是她亲自去排队买。偶尔，会遣姐姐先去排队，时间差不多，我妈再匆匆忙忙赶过去。

小妹嘴馋，又撵脚，一听我妈要去买肉，又哭又闹，说要跟妈妈去食品公司买肉去。我妈嫌她走路慢，让她待在家。她不干，跳脚抹手，非要去。我妈顺手抽出根棍子，请她吃了顿“跳脚米线”，这才老实了，边哭边求饶，妈妈，我不胆了，我不去了。（她还小，话都说不清，把敢说成胆。）那些年，每年她都要上演一场被打的好戏。我们在一旁做事，洗被子、擦地，洗去锅上的黑烟，边干活边偷偷笑，幸灾乐祸。

腊月二十七八，就该炸酥肉、黄豆腐了。那时的酥肉，哪里舍得用整块肉，一般都是把肉、姜、葱等一起剁碎，搅在面粉里，加水、盐，再加几个鸡蛋。一边用手捏，一边往油锅里放。头一碗酥肉，肯定被我们偷偷吃光。一年到头，也就这几天可以吃上香酥可口的酥肉。我妈下班回来，还得检查一下，酥肉要炸得干一点，可以多放些日子，还不费油。黄豆腐，是把豆腐切成大小均匀的正方形，同样用油炸干。可以煮豆尖白菜，还可以红烧。水一煮，豆腐里包满了水，一咬，喷得到处都是，我们都叫它喷水豆腐。

过年，扣菜也是必需的。宣威人善扣菜，百合、蛋卷、白菜、韭菜根、南瓜、酸菜扣肉等，似乎所有的菜都可以夹上肉，垫上一层树花，做成扣菜。宣威人有个规矩，过年三天不下生，也就是过年那三天，不可以做生菜。所以扣菜也好，酥肉、豆腐也罢，至少得做够三天的分量。宣威人还有个讲究，请春客。春节三天，你来我家，我到你家，总得相互走动、聊天、吃饭，所以我家里面那间屋子都用松毛垫着，一碗一碗扣好的菜，按品种用大碗盖着放在青松毛上。

青松毛当然舍不得花钱买，我爸会找个星期天，带我和哥哥到山上撕。我爸借辆手推车，拉着往花椒、靖外方向走。那时候雪真大啊，路两旁不知名的大树上挂满了晶莹剔透的冰凌子。太阳一出，冰凌子噼里啪啦往下掉，路过的时候得往路中间走。松毛上也全是冰，才一会儿，就手冷脚僵，冷得不行，不过还是阻止不了我们撕松毛的热情，这可是为过年撕的松毛。遇到天晴，雪融冰化，就直接从树上撕。若是雪还没有融化，就得用镰刀砍，一枝一枝拖到车上，拉回家，再慢慢撕。

年三十事多，忙得中午饭都顾不上吃，随便吃点馒头、面条。早上起来，我爸就得骑着单车到几里外的电厂水库买鱼。当时，鱼的品种不多，有一次，我爸买回一大条草鱼，有弟弟那么高，放进洗澡的大盆，尾巴都伸不直。买鱼回来，就该杀鱼宰鸡了。杀鱼宰鸡这类事，由爸爸亲自动手。我妈笼两个炉子火，一个煮鸡，一个煮火腿，回风炉蒸各种扣菜。

扣菜不难做，难的是垫碗用的树花，我们叫树胡子。这种野菜跟胡子一样，长在深山老林，沾满了干松毛、杂草、泥巴，得一根一根把杂草泥巴拣干净。这个活简单，但是累人，需要一百二十万分的耐心。哥哥姐姐没有耐心，只好由我上阵。我每天坐在家门口，一边晒太阳一边拣。我把大簸箕放在腿上，从桶里抓上一把，拣干净的放进右边的小簸箕里。那时候年纪小，常常赢得几句过路人的夸赞。有一次，风大，把小簸箕吹翻，我拣好的树花全部吹到地上，等我追着把簸箕捡回来，地上的树花沾满了泥土煤灰，再也吃不成了。还好，那东西长在山上，农民扯来就卖，一点都不贵。

姐姐爱吃扣百合，哥哥爱吃扣蛋卷，而我爱吃鱼，我可以把一条小鱼从背上开始，鱼肉剔干净，留下头尾和整条鱼的骨头。吃鱼对我们来说，哪怕是过年，也是一件很奢侈的事。那时的鱼大多是野鱼，还没有人养鱼卖，买到的鱼都是水库边的村民打到的。我总是小心翼翼，舍不得浪费。

屋里撒上青松毛，一盘一盘的菜就放在松毛上，我们各自找自己爱吃的菜，席地而坐。

年夜饭开始了，第一就是吃鱼。“吃点鱼，年年有余。吃点长菜，常吃常在。吃点酒，常吃常有。”我爸总是一边说一边伸筷子给我们夹鱼夹菜。我不会喝酒，连菠萝汽酒都喝不了，我爸专门为我买了一瓶杨梅露。酒喝过，鱼尝过，再吃一根长长的白菜，就可以自由发挥了，想吃什么吃什么。当然，吃饭前还有三件事，一件是点香、供饭，给老祖人请安。另一件是喂狗，传说稻谷是狗系在尾巴上从海那边带过来的，做人必须懂得感恩，年饭得让狗先吃。还有一件当然是放炮仗，炮仗一响，黄金万两。不过，炮仗对于我们来说，只是宣布我们家要吃年夜饭啰。

对菜的品种没有过多的要求，除了长菜、鱼、煮火腿、扣菜家家都有，其他随意。但有一条，宣威人最爱吃的菜豆花是不能上桌的，菜豆花是白事上的菜，过年和红事都不可以上桌，至于为什么？我也不知道，很多老规矩照着执行就行，哪有那么多为什么？长菜其实就是白菜。过年吃的白菜不能切，要一整根煮。最好是刚起花苞的菜薹，用清水煮上一大锅，最受欢迎。

吃过晚饭，要守岁，守到几点？没有强制规定，说是越晚越好，十二点以前是绝对不能睡的。饭菜撤下去，瓜子、水果就端了上来。没有电视，全家人围着火炉聊天、嗑瓜子、吃水果。弟弟还小，眼皮开始打架，头一点一点，开始冲盹儿。我扯扯他的袖子，说："爸爸说了，不守岁不给压岁钱。"弟弟赶紧直起头，揉揉眼睛，说："我不困，我没有睡。"过年我爸特别宽容，虽然同样指指点点，说我们这里不对那里不好，但绝对不会打我们。

压岁钱也从五分涨到了五角，一年到头，这是我们唯一的零用钱。我妈见我爸开始发压岁钱，忙起身进屋，把准备好的零钱拿来，一人给我们两角。就这样，我们有七角钱，这是多大的一笔财富啊。这个钱爸妈不管，由我们自由支配。姐姐的钱收得仔细，从来不知道放在哪里。我的常常压在枕头下面的草席底下。弟弟的交给妈妈帮他保管，不然一定被哥哥哄来用掉。

年初一有很多禁忌，不让叫人起床，我们终于可以睡到自然醒。不过，很奇怪，初一早上我们从来不会睡懒觉，接天地的炮仗把我们吵醒，穿新衣裳、出门逛街的心把我们唤醒。吃过饭，哥哥姐姐就带着我们逛街去了。我把草席底下的钱拿出来，左看右看，拿了一角，放进毛线织的小钱包里，用别针别好，其他的收着，任由它们躺在草席下面。

街上的人真多，挤都挤不过去，到处是维持秩序的警察。过年三天都要耍龙舞狮，还有骑驴、踩高跷的。我们跟着耍龙的人从上堡街走到下堡街，再到建设路、振兴街，怎么也看不够。龙头前有人拿着绣球，朝龙头左右摇晃，引逗那条长龙，一条龙差不多要十多个人。

拿绣球的该是领队，抬龙头的跟着绣球，后面抬龙身龙尾的跟着龙头耍了起来，从左到右，弯曲起伏，就像真的一样。狮子爬上另一个狮子身上，翻滚、跳跃，做着难度较高的动作。舞狮的人有很多是武术学校的，他们身手矫健、动作敏捷，叫人仰慕。龙，三、四条不一，颜色各异。狮子一般就三对。踩高跷的人各种装扮，各个朝代的人都聚在一起，董永、白蛇、七仙女、穆桂英纷纷上场，凤冠高戴，水袖飘舞。

我牵着弟弟挤进人群，站在最前面，伸长脖子到处看。哥哥姐姐早就不见，找他们的同学、小伙伴玩去了。狮子忽然张开大嘴，伸出个人头，对着弟弟做鬼脸，弟弟吓得大哭，我只好牵着他挤出来，花一分钱买了三块酸萝卜，抹上甜酱，酸甜辣，味道可口，弟弟吃得过瘾，早忘了那钻出人头的狮子。而我，损失了一分钱，才吃了一块酸萝卜，想了想，有点亏。弟弟说："我还要。"我忙说："不吃了，吃多会拉肚子。"

初一要穿新衣服了。五年级的时候，我的个子"蹭蹭蹭"往上蹿，用姐姐的话说，就像施过尿素，已经跟姐姐一样高了。那时候哪有什么羽绒服，仅有的一件棉衣，还是我妈每晚做完家务、改完作业，坐在灯下一针一针缝出来的，满满的全是针脚，摸上去就像长满了虮子。

我妈买了一块花布，请裁缝给我和姐姐做了件一模一样的罩衣。我瘦、个高，穿起来比姐姐好看，姐姐不服气，自己织了块围巾围着，暖和漂亮，硬生生把我比下去。好在，对美，我还没有开窍，根本就不在乎。我在乎的是裤子，我的裤子是姐姐原来穿的，裤脚都接过两道边了，裤子已经掉色，呈灰白色，新接的还是黑蓝色，这让我很不舒服。我不敢说，怕我妈骂，一年能做一件衣裳已经不错了，裤子明年再做。

过年实在是一年盼到头的希望。

哥哥的新衣裳还没有钉扣子，初一早上，吃过饭，我妈在洗碗。我们要出门了，哥哥偏偏不走，一个人坐在墙角的松毛堆上掉眼泪。没有新衣服怎么出门？好不好看无所谓，只要有就行，虽然会被别的孩子比下去，但有总比没有好。我妈把碗放进筲箕里控水，一回头，看见哥哥在哭，一问，为新衣服哭呢，忙说：“别哭别哭，我几分钟就把扣子钉好。”

我们老家的风俗，初一不出远门，初二到初四这几天，一定要回老家坟上给老祖人们磕头拜年。到了这几天，再远再忙，都得赶回来。年三十忙不得回家吃年饭的，这几天都要抽时间赶回来上坟拜年。我们很早就要起床，吃过早点，我妈做好各种供品，倒好酒、水，赶到车站坐车回老家。有时候，路上耽误了，当天回不了家，就在婶婶叔伯家住上一晚，顺便拉拉家常。爸爸的嫂子去世后，上坟拜年更是成了一条不能更改的纪律。早些年，我妈带着我们去，这几年，妈妈老了，开始放手，让哥哥带着我们去。

出了嫁的女儿是不能回家过年的，据说，要回娘家过年，必须顶个筲箕站在门后。回娘家上坟拜年更是大忌，嫁出去的女儿泼出去的水，不是自己家的人，老祖人就不会管了。我爸妈在外工作，思想开通，我家没有这种禁忌。姐姐结婚后，还是严守这个传统，到了初二，才回娘家拜年。

因为姐姐，年初二也成了我们盼望的日子。姐姐来，总会带来很多好吃的东西，还会给我们压岁钱。结婚后的姐姐像个大人了，所有的礼物安排得妥妥当当，礼数也周周全全。我虽然跟姐姐一般高，却依然蹦蹦跳跳像个孩子。姐姐工作以后，就学会织毛衣、做衣服，每年都要给我们织毛衣、做新衣服。我记得姐姐给我做的第一件衣服是一件格子线呢的，钉上根拉链，轻轻一拉，又合身又好看，只是左边的袖子裁剪的时候没有裁好，格子是歪的。不过，丝毫不影响我对它的喜欢。

初三早上，我妈会把屋里的松毛扫掉。按照习俗，过年那三天不可以打扫卫生。如果初三再不扫，就要等过了小年才能扫。那些松毛，被我们跑出跑进，带得到处都是，实在等不到小年。扫完地，我妈就开始带我们走亲串戚。

城里只有一个亲戚，姨妈。姨妈有六个孩子，大的三个已经工作成家，大表姐二表姐也一起回到姨妈家，一大家子热热闹闹，吃饭、打牌、丢摔炮、打架。这两天基本都在姨妈家吃饭、玩。有时候也会到溶剂厂逛公园、猜灯谜、玩游戏，当时是溶剂厂最红火的时候，虽然厂里排出的脏水一股臭鸡蛋味，但“花园式的工厂”让我们特别向往。溶剂厂小花园有各种花草、假山，还有孔雀、猴子等小动物。看够花园，玩玩游戏，拿着游戏奖励的糖果、铅笔、作业本，心满意足。

这个年充满了快乐和喜庆。

那些年，我们住在爸爸工作的印刷厂，厂里有一块比球场还大的空地，地上全是蚊子草。车间背后还有一大片柳树林，树林往前有一个大水塘，水塘上边有一个防空洞，防空洞里积满了水。

过年那几天，厂里的小孩子常常聚在厂里玩“打死救活”“躲猫猫”，有时候也会在大柳树下面玩过家家。防空洞也是我们想要探索冒险的地方，可惜有一道铁栏门，常年锁着。我们只好在防空洞两边梭，两边的水泥斜坡成了“滑梯”，被我们梭得光溜溜，油亮油亮的。

有了压岁钱，我们手里就有玻璃弹珠、纸画片、水果糖、气球，我们头对头趴在地上弹玻璃球、拍画片、吹气球、舔水果糖，一天不到，新衣服就全是泥灰。过年不能打孩子，不然一年到头都要挨打，最多被骂几句。这么想想，过年真的是我们的天堂。

初五以后，年就算过完，我们的好日子也该结束了。

我妈照样叫我们起床、挑水、洗菜、写作业。趁爸妈不在家，我们几姊妹在家数压岁钱，比比谁有钱。我哥手散，压岁钱已经没有了。而我，一个年才用了两角钱。我心满意足把钱继续收在草席底下，等到开学，课间休息时到校门外，花一分钱买根长酸菜，一缕一缕撕着吃，还可以给要好的同学来上一缕。

剔得干净完整的鱼骨、山里撕来的青松毛……统统分散在松散的日子里，成了那些年。

味蕾上的故乡

宁红瑛

码字十年，我未曾提及家乡一字，不是近乡情怯，是“只缘身在此山中”，太熟悉了。每一座山，每一条河，每一种植物，每一道菜，都融在了我的生命里。

多少次想调离家乡，可半辈子没走出落水。

我的家乡，在云南宣威，落水一个叫宁家营的地方。宁家营没有高山，没有大河，没有百年老树，一条常年干枯的小河把村子分做两边，一边叫营头，一边叫河那边。营头坐落在一个土包上，古代是有过城墙的，营头主要住着以宁氏为主的人家。

河那边地势稍低，如果上古有水，那一定算河谷地带。河那边多为彝族，彝汉杂居。与河那边紧挨着的叫邱家湾子，那里的人多半姓邱，再往上有一个叫台台上的地方，那儿的人也姓邱。河那边姓邱的，台台上姓邱的，其实就隔着几步路的土坡，站在台台上喊一声，邱家湾子的人肯定听得见，就像我在营头喊一声，大坡底下一个叫杨家下头的地方，我的姑妈肯定听得见一样。宁家营很小。

宁家营周围的山上长灌木和石头，青苔见证着石头的年份，也见证着灌木永远长不成树，村头地埂有过一些倒插柳，树一长高就换钱了，有的树还没长高也换钱了。有几棵低矮的杉树如我一样长得慢，几十年都难成材。

在没有树木一望无际的红土地里，是绿油油的洋芋苗，白花花的洋芋像金元宝一样藏在红土里，我们在开花的时候就候着，土地裂口的时候就知道可以吃了，偷偷用小棍子把泥土扒开，大大小小的元宝就呈现在眼前。我们通常会把大的取走，取的时候很小心，不能把小洋芋同根系扯断，没有扯断根系的小洋芋盖上泥土可以继续生长。

洋芋一直是宁家营的主粮，我是吃着洋芋长大的。洋芋地里一般不长猪草，偶尔有一两棵灰条菜、苦汗菜之类的，小时候拔来喂猪，现在知道用糊辣椒炝蒜炒，农药化肥菜吃多了的后代人，很怀念这些野菜。

落水的饮食习惯属于宣威菜系中的一个分支，这个分支传承着宣威菜系的特色，有地道的八大碗扣菜、宣威火腿、红土沙地洋芋、野生菌（蘑菇）……我们地方自古人情浓厚，逢年过节，起房盖屋，讨媳妇嫁姑娘，满月酒、杀猪饭……八盘四碗，大操大办。不为收礼，礼薄，就是个意思。为了这个意思，家家来，个个到，凑个喜气、人气，也冲着那一桌细酥、细扣的菜肴。

我不能说落水美食宣威第一，宣威美食云南第一，云南美食天下第一。但如果有一天落水人失业了，一定可以到全世界的任何一个地方去开餐馆，除了手艺，咱有上好的食材，天然的山珍。

每年夏秋之际，落水的田头地埂、沟渠山洼上，山珍野菜漫山遍野都是。

尤爱树胡子。“树胡子”别名“树花”，质地松软，形状和颜色似棕黄色胡须，挂在树上，落在山上，随手可拾，上山即得。可凉拌、可清蒸、可素炒、可扣肉、可入药。树胡子是灾荒年月里我们家的粮食、蔬菜、中药、珍馐，每当米缸见底，洋芋所剩无几，母亲就会带上小狗和我上山采摘。

小狗可以做伴、防蛇，而我是母亲最得力的帮手，五岁就能用凳子站在灶台边给弟弟炒鸡蛋饭，六岁可以拔一篮子猪草，九岁能一个人去大水塘边洗衣服，上山时我已经十岁。

那时母亲挣着男人一样的工分，我干着母亲一样的活，母亲是看得上我干活的，尽管她常常拿我的短处跟邻家孩子的长处来对比。

拔猪草可以顺带扯破斑，那是一种酸而甜的野果；洗衣服可以赤脚在河水里摸鱼，那时我的家乡还有一条清悠悠的小河；炒鸡蛋饭的时候弟弟不用在我背上，他实在太沉了。

童年记忆里，我干活的时候是快乐的，尤其是上山，快乐地听风、看云、扯树胡子、捡菌、刨地馒头、逗小狗。小狗也是快乐的，它叼着根草就想来换我口里的洋芋，我和小狗吃洋芋的时候母亲去砍柴。

母亲知道哪儿捡得到菌子，哪儿扯得到树胡子，哪个山坡上的地馒头裂缝了。她发现菌子时常常装作没看见，大声呼唤我过去，指着有菌子的地方：“你看看那儿有没有？”

听到我惊喜的叫声，看到我的手伸向草丛，母亲的脚步早已到几米之外，“你再来看看这儿有没有？”我又冲到母亲所指的方向。青头菇菇、大巴菌、奶浆菌、干巴菌、茅草菌、见手青，最后我捡到的菌子比母亲的还多。

奶浆菌撇干净泥巴母亲就递给我生吃了，她告诉我这种菌子没有毒性，生吃和炒熟的奶浆菌的味道是不一样的，生吃是甜的，炒熟是香的。树胡子想要多少就可以摘多少，地馒头得看天气和运气，有时被村里人抢先了一步，有时连续阴雨天土地裂不开口。

通常，我们都会满载而归，背上背着柴火，手里提着山货，小狗跟在后面，我和小狗会站在山岗上出一会儿神，看那条通向山外很远的路。

地馒头和菌子，村里人知道是好东西，大家都去采，少一些，但千人有千份，万人有万份，这是大山对我们的神奇馈赠。不管有多少，洗净后的第一时间，母亲让我送去给爷爷奶奶，如果分量多一点，母亲也会留下一些给我们吃。

我偶尔会在爷爷奶奶家蹭吃一点再回来，这个秘密后来被识破了，两个弟弟也要争着去送，不管我们三人去还是两人去，这事母亲睁一只眼闭一只眼没骂过我们。

树胡子去除松毛、树皮和杂质，用清水淘净，过沸水捞出，冷定后再凉拌，那时没有生抽，没有芝麻油、橄榄油之类的调料，就放点盐和葱花，但就是香甜。那是草木的清香，露珠的甘甜，能咀嚼出时间韧劲的柔软。树胡子还下饭，就着饭我可以一次吃两碗，但通常只有一碗。

母亲也会把树胡子晒干用布袋子装起来，让我们在感冒上火时冲开水喝。那时村里人不知道树胡子能吃，还能治病，树胡子简直就是养在我们家地里的山珍和药材。

当年母亲当然不知道它是山珍，更不知道它有什么样的营养价值，那年月，好吃，能充饥，吃了脸没浮肿，母亲就认定那是极好的东西。

我没问过母亲怎么知道树胡子可以吃，其实也不难理解，那个年月连草根树皮都吃，这附着在树皮上的花，母亲肯定会尝尝，这一尝，树胡子就和我们家结下了不解之缘。

树胡子成为山珍，是这些年人们丰衣足食之后注重养生才有的事，养生专家说树胡子有极高的营养价值和药用功效，树胡子才有了市场，村里人采摘，外地人倒卖。现在逢年过节、婚丧嫁娶，不管宣威哪张桌子上办酒席都有树胡子，树胡子扣肉后来进了八大碗之列，成为宣威扣菜中唯一的山珍。

树胡子扣肉，清香中多了肉香，相得益彰。但我还是喜欢凉拌。此味非彼味，彼味是种在骨子里的喜欢，那是岁月的馈赠，那是母亲的味道，那是小黄狗陪我站在山岗上的快乐。

乡音、乡情、乡菜，就像血脉和躯干，不疼的时候，我们不会注意它的存在。

记得有一年我随户外组织去尼泊尔徒步小环线，到尼泊尔的第七天，进山的第三天，从家乡带出来的干货已经嚼完，体内存储的食物残渣也早在三天前消耗殆尽，在每天强耗体力之后，在把方便面也吃到吐的时候，尼餐难以下咽的生理反应一直持续着。

金钱火腿、青椒火腿、火腿青豆焖饭，老火腿炖鸡、麻辣洋芋、椒盐洋芋、老奶洋芋、烧洋芋、煮洋芋……身体本能地提醒着味蕾的需求，我闻到了母亲灶台上那碗皮薄肉厚、色泽红润、肥瘦适中的老火腿，唇齿瞬间肉香馥郁。我甚至看到火塘边那黄生生的洋芋，洋芋旁边是青椒炒肝渣和凉拌树胡子，唾液马上随着幻象流下来。

就在那天下午，穿越到丛林一半的时候，我被蚂蟥咬到了脚背，疼得眼冒金星，饿得浑身乏力，清理血迹时一屁股坐在地上，眼泪喷薄而出："我要回家。"这四个字是我走户外以来第一次，也是唯一一次，之前咬牙就过去了，之后咬牙也过去了，而这一次，我是太饿了，我连咬牙的力气都没有。

饥饿、疼痛在不断地呈现我的困境，从形而下的感官体验到形而上的味蕾需求，都在不断提醒着我与故乡的深层关系。

这事说出来该惹人笑了，一个老户外，太过矫情了吧！这些年满世界行走，已经尝试着去习惯各地的餐食，甚至会带着挑战的心理去接受，也接受了，但在某时某刻，对家乡食物的思念就是如此浓烈。

诗和远方是建立在温饱之上的，灵魂翱翔得再高远，也会被身体的饥饿拉到谷底。在所有的需求中，食物永远是第一位的，在不可或缺的食物中，味蕾习惯又如此重要。

这大概就是乡愁吧，或者也算不上乡愁，但那时我就是想家了，想回家，想吃家乡的每一道菜，只要不是尼餐和方便面就行。

可能一个人只有长久离开了从小的习惯和依赖，才会开始回望。我们单位有个为了爱情远嫁陕西的姑娘，半年之后和我拨通电话的第一句话：“老姐，太不习惯了。”她的不习惯是咸阳买不到土鸡蛋，一望无际的平原上采不到野生蘑菇，没有人能听懂她的方言，而她说普通话又是如此的落水腔。

多年之后，当她带着爱情的结晶再回到落水，我看到那个小名叫“棒棒”的孩子长得如此之棒，一看就知道北方水土养娃，中原基因强大，你无法想象这个壮实的娃是从那个瘦小的妈身上掉下来的肉。再来说这个当初瘦小的妈，如今变成了贵妃一样的牡丹，我又一感叹，北方的水土还养婆姨。

我以为，在外乡住了几十年，饮食习惯应该完全同化于那片土地，更何况那是一方丰饶的水土。未曾想，那一口落水味的吃食，已然成了她生命中不可或缺的部分。她一回来就约我去赶落水乡街子，什么土鸡蛋，树胡子，小脚花，马皮坡，折耳根，一朵云，马蹄香……故乡的山茅野菜都是她的最爱。

她最爱的是每隔几年就飞回来捡蘑菇。蘑菇炖鸡、蘑菇炒火腿、蘑菇青椒素炒，剩余的蘑菇晒干再带回陕西，她说羊肉泡蘑菇好吃，羊肉泡蘑菇，疗乡愁。味蕾每隔一段时间就会提醒在外的游子，该回家了。

其实随着年龄的增长，当我开始注意身体指标和养生之后，几乎不再吃红肉，但对于家乡的火腿和洋芋，尤其是那道叫树胡子的野菜，就像长在我身体里的乡愁，隔段时间就会想起。

这些年，不停地出走、归来，归来、出走。我尝过不同地方的美食，如果不是那一口，哪儿都一样。从这个意义上说，故乡不是一个地方，一段时间，而是烙印在每一个人身上的感官记忆、味蕾需求。

百里滩的四季之贻

李子胜

一

渤海湾上百里滩的春天，是一个让你充满期待同时也绝不让你失望的季节。

油腻腻的春节虽然过去些日子了，但那种排骨肘子片肉红烧丸子层层积存下来的油腻，就像油脂遇冷后凝结，黏在了你的呼吸里肠胃里，随便喘口气打个喷嚏，似乎都能带出无数油星儿，就像一首街面上反复回响的蹩脚的给街舞大娘们伴奏的流行歌曲，让你躲不开，挥不去，甩不掉。于是，你心里自然生出像对宁静渴望一样的对清爽的春风的渴望。春风来的时候，这里的人们会从呼吸里首先感受到解冻中的大海的腥鲜混合的气息，这气息时断时续，若有若无，不绝如缕，一波一波地冲刷着那厚重的油腻感。你就开始想象，是不是性急的渔船早就跃跃欲试了？也许，在你响着春的口哨声的梦中，它们已经犁开酥软的海冰，用一条条干涩了一冬天的渔网，轻轻抚入大海寂寞的肌肤。

相识多年的船长大哥告诉我，每年过了正月十五，冰冻的大海开凌，渔民会组成船队，破冰凌出海，捕获鲜美的梭鱼、白虾。冰凌会把领头的木船船身划出新鲜的木茬，海冰在渔船推挤碾压中“咔咔”碎裂，船队里的渔船，会更换头船，破冰领航。百里滩有“吃了开凌梭，鲜得没法说”的渔家俚语。

不仅仅是开凌梭鱼、白虾，随着大海回暖，海冰彻底消融，陆续的还有麻虾、雪虾米、海鲇鱼、面条鱼、棘头鱼、麻蚶子、海螺、梭子蟹甚至水蝎子被拖上渔船。大海像是巨大的发酵池，一个冬天，就能让海鲜们变得格外鲜美肥壮。开凌的海鲜们总会在暖融融的初春早晨，引起逛市场的贪馋人们的一丝惊喜与骚动。

“忒贵了。”人们抱怨着，但脚步早已无法迈动。

午后，齿颊留香的老人会像年轻人一样炫耀他们的第一次：“我吃到水蝎子啦，真鲜灵啊！”这种比下有余的善意炫耀，让人理解了，原来，寻常的小海鲜里面，就有老百姓的天堂。

春天的棘头鱼，又肥美又鲜嫩，鱼肉入口即化，鱼骨也酥软。把棘头鱼鱼头里的两块绿豆大小的小石子儿择出来，去掉鲜红的鳃和鱼肠，把棘头鱼整个剁成鱼糜，拌入花椒水、葱花、白胡椒粉、盐、生抽，煎成鱼饼熬粉条，那种顶级的鲜美味道让人根本抗拒不了，我想，百里滩人就是面对如处子肌肤般刚剥壳的鲜荔枝，也大多会无动于衷吧。所以我读苏子的“日啖荔枝三百颗，不辞长作岭南人”一句，真是缺乏共鸣。

把雪里蕻用淡水浸泡半天，然后加入新鲜的雪虾米或者麻虾一起炖煮，不用什么特殊作料，待开锅后只放一点盐和生抽即可，这道没一点油星的土菜十分下饭，吃一次，就完全压倒了整个冬天油腻腻的余味，让人的味觉有了清爽的重生，如大地复苏。

春风日暖，海鲜的价格却向相反的方向走，这样，油腻的气味就彻底地从人们的记忆中涤荡干净了，一直到秋天，各色的海鲜会一直与人们相伴。

二

夏天的海是寂寞的。这种寂寞就像一个生了头胎的伟大母亲，在等待下一次孕育一样，平静中隐含着热情的生生不息。

初夏，水蝎子开始抱籽产卵，海螺也开出了孕育新生命的海螺花，各种因为养育后代而身体消瘦的鱼类的肉质也开始变松软。但是渤海湾的白眼鱼，却开始肥美起来。

在很多百里滩人眼中，白眼鱼就是个粗鄙莽撞的农夫。百里滩人对白眼鱼并不待见，只喊它白眼儿，连“鱼”字都懒得叫了。很多人甚至把白眼儿错喊成白燕儿，无论你怎么纠正，人家还是不改，就好像酒席上，你对贵宾们介绍一个端盘子上菜的老大娘的大名，人家贵宾哪儿记得住啊。

白眼鱼的俗名太多了，有乌支、白眼、九棍、葵龙、田鱼、乌头、乌鲻、脂鱼、丁鱼、黑耳鲻等，可见其分布之广。白眼鱼不仅属于中国，也属于世界。我国沿海均有出产，尤以南方沿海居多。它们还广泛分布于大西洋、印度洋和太平洋。

很多百里滩人分不清白眼儿和梭鱼，因为它们俩长相确实极其相似。有个老大爷在菜市场卖几条儿子钓来的大白眼鱼，旁边一个卖萝卜青菜的大娘凑过来赞叹，呀，这大梭鱼，真肥啊。大爷很不屑地纠正说，这是大白眼儿。这情景就像人们在街上闲逛，发现一个与好友容貌接近的陌生人迎面而来，错喊了对方。

其实仔细分辨，白眼鱼与梭鱼还是有很多不同之处，比如，白眼儿的脊背呈青灰色，腹部白色，外形肥短，大眼圈，大黑眼珠。白眼儿炖熟了，它的两个老年人眼袋一样的大白眼圈就更明显了。而梭鱼体态修长窈窕，红眼圈包围的乌溜溜的眼睛与眼神呆滞的白眼儿比，简直是美目盼兮，巧笑倩兮。

白眼鱼属于渤海的洄游性鱼类，据说体长一米多。但是百里滩人没见过这么大的白眼鱼，白眼鱼达到五六斤，四十多厘米长，感觉就已经很大了。白眼鱼喜栖息在入海口，幼鱼常溯河入淡水河川，对环境的适应性很强，遭污染的港湾、河川皆能生存。它们喜欢身居海水清浊之间，在海中蛇行洄游环绕，好动刁钻，围入网中遇惊吓会奋不顾身往上跳跃，至死不屈。白眼鱼喜欢成群结队出游，行为莽撞，渤海渔民在海上作业时，都有白眼儿跳上渔船自投罗网的惊喜经历。

每年初夏，第一批白眼鱼从南方长途奔袭，来到了温暖舒适的渤海，此时的它们旅途劳顿，疲惫不堪，体型相对瘦削，肉质很囊软，像冰箱里冷冻一年以上的梭鱼的稀软肉质，口感最差。但是只要给它们一些时间，它们就会在微生物遍布的渤海大快朵颐，很快就能变得体态粗壮，肉质紧实。与和它撞脸的梭鱼比，白眼儿就是那种喜欢举铁的肌肉男了；而梭鱼，顶多算练练瑜伽的骨感美人。

百里滩的很多海钓人，基本不会把白眼鱼当作目标鱼，大家的目标鱼首选鲈鱼，其次是梭鱼，只有没啥可钓的时候，才会眷顾白眼儿。白眼儿觅食莽撞，它们如劫匪一般，常给钓手们突然袭击。很多没钓过白眼儿的钓手，往往措手不及，手忙脚乱，被咬钩的白眼儿拽得摇摇晃晃，鱼竿弯弓射月一般，有的鱼竿干脆被大白眼儿三下两下拽折了。白眼鱼力气很大，但是只要钓手稳住心神，先随着它的鲁莽，任由其折腾，待它使完了三板斧，用力把白眼鱼拽出水面，让它吸几口空气，它马上就会缴械投降，此时，四五斤的白眼鱼可以不用抄网，就能妥妥地拽上来了。内行里手都知道，白眼鱼就像一个不爱洗澡体味浓烈的人一样，腥气很重，最好的解决办法就是，抓住它以后立刻给它放血，把血放干净，吃起来才不会腥气过重。这种做法应该是从捕获金枪鱼后，用鱼制作刺身的金枪鱼要尽快放血去腥借鉴来的。

在百里滩，白眼鱼价格很低，因为大家觉得它肉质紧实有余，鲜美不足。其实，白眼鱼的命运，可以借东坡先生《猪肉颂》中的“黄州好猪肉，价贱如泥土。贵者不肯吃，贫者不解煮”来概括。

究其原因，大概是百里滩人爱吃梭鱼，因为梭鱼一年四季在渤海生活，人们一年四季都能吃到，白眼鱼则像每年来百里滩串门的穷亲戚，可有可无。如果说梭鱼在百里滩餐桌上属于主角，白眼鱼则算是主角替身，永远坐冷板凳。

百里滩流传一句话，叫“梭鱼头是香油罐”，夸梭鱼头味道香，而白眼鱼到了四五斤以上，鱼头一样香喷喷的。

假如白眼鱼到了深秋还眷恋着渤海，它们就变得十分肥美，不仅肚子里有了油脂，有的白眼鱼甚至会长出饱满的鱼子。因为百里滩人看不起白眼鱼，即使秋天的白眼鱼再肥美，价格一如夏天一样低贱，他们都不知道，白眼鱼肚子里竟然藏着宝贝呢。白眼鱼炖粉条，并不输于梭鱼炖粉条。白眼鱼腌制后晒干，然后油炸，也别有一番美味。

近两年来，百里滩少数人刚刚弄明白，原来白眼鱼是台湾最为重要的经济性消费鱼类，雌鱼的卵巢称“乌鱼子”，是台湾的名贵食品；精巢即名菜乌鱼鳔。台湾把乌鱼子生腌后榨干水分，晾晒成干品，乌鱼子由金黄色逐渐变为咸鸭蛋黄的颜色，这种食材，在日本被称为“唐墨”，是日本人认为的“世界三大美食”之一。

有位百里滩人去台湾旅游回来，花大价钱品尝了乌鱼子，回家后把美食体验与家中老人分享，老人笑道，那不就是白眼儿的鱼子嘛。

据史志记载，“乌鱼，即《本草》之鲻鱼；海港所产甚盛。冬至前捕之，曰正头乌，则肥而味美；至后捕之，曰回头乌，则瘦而味劣。官征税，给乌鱼旗，始许采捕。”

百里滩人不识白眼鱼的庐山真面目也是很正常的，因为白眼鱼肚子里有鱼子后，往往就开始向南洄游了，所以，很多百里滩人，甚至一辈子都没见过白眼鱼的鱼子。

闺女养大了，心野了，不着家了，到了年龄，急急忙忙远嫁，头也不回，来年生了孩子，又把孩子往娘家一扔，啥事也不管。白眼鱼在渤海长肥了，却怀揣一肚子金贵的鱼子跑到南方海洋去生儿育女，来年让儿女们回渤海胡吃海塞一通，“奶粉钱”都得渤海出。

三

四季之馈赠中，最丰富的莫过秋天了。秋天，大地与大海比高下，人们无法判别更胜一筹者。更喜欢哪一方，完全凭各人爱好决定。我则更喜欢恢复元气的大海所赐。

而大海所赐的鱼虾贝蟹中，要数蟹最为诱人了。清代的李渔，一生嗜蟹如命。他会把一年中的闲钱全部积攒起来，单等秋季蟹肥，日日鬻而食之。可惜李渔吃的是河蟹，而真正的好蟹，当数我们这里的渤海三疣梭子蟹了。小时候，父母单位常会分螃蟹，小山似的一堆。那墨绿的壳子，上锅蒸过之后，竟然变得通红，这让一个孩子既欢喜又百思不解。长大后，听前辈说起螃蟹，告诉我三只大公蟹的长螯接起来有一人多高后，就更让我难以置信。这样的大蟹此生尚未见到，但对蟹的偏爱，却慢慢变成一次次的购买，一次次的享受。古人云“书非借不能读也”，我的经验是，蟹非活不能食也。死蟹，蟹肉已经化成泥状，完全失去了原本的味道。活蟹，其壳内之黄鲜艳如石榴，其肉是丝丝缕缕，含在口里，鲜香中含着甜味。真可谓此物只应天上有，造化有情贻人间。

尤其是那种被叫作“大长腿”的叉脐螃蟹，奋力掰开盖子，看到盖子里满满的白膏，心情就会大好，这种蟹膏，颜色并不诱人，我私下觉得很像鸡屎的颜色，但是味道却独占鳌头，非蟹肉蟹黄能比，用筷子尖夹到嘴里后，细细嫩嫩的鲜味，找不到堪比的味道，一口咽下，今秋无憾的满足感一下子让人心情大好起来。

而海水养殖的虾前儿，也在秋天上市，活蹦乱跳的大虾，煮熟了也是通红通红的颜色，虾头胀满白膏，虾肉紧实鲜甜，极品的海虾，确实有螃蟹的味儿。

过了中秋，百里滩资深钓鱼人都有一次钓到几十斤甚至上百斤鲈鱼的骄傲战绩。鲈鱼，是秋天渤海里鱼类的主角。

鲈鱼就是一群水下的劫匪，遇到鱼饵这样的小诱惑，它们就会迅猛出击。钓手只要在大海里找到鲈鱼群，用沙蚕或者小虾或者银光闪闪的小刺鱼做诱饵，鱼钩投入大海后，不用等鱼钩沉踏实，你就会觉得渔线被狠狠地拽动了一下，柔软的渔线瞬间绷直如拧紧的琴弦，渔线把这个动静传递到鱼竿，到达你的手心，你本能地拽起鱼竿，一条白花花的鲈鱼就收获了。钓鲈鱼的这种强烈手感，给钓鱼人带来的身心的愉悦，不是钓梭鱼海鲇鱼能媲美的。在方才中鱼时美妙的手感消失后，又一阵强烈的手感猛烈来袭，钓鱼人在频频中鱼的状态下，钓一天一宿也不会疲劳。鲈鱼饮食挑剔，只吃鲜活海鲜，宁可饿肚子，也不吃难以下咽的腐败食品。这是熟悉鲈鱼的钓手们很了解的，为了满足鲈鱼的口味，秋天时，钓手们会买来鲜活的养殖虾作为钓鲈鱼的诱饵，如果你想用一块块卑贱的海鲇鱼肉哄弄它们咬钩，那你只能当钓鱼者中的“空军”了。

钓鲈鱼让人心情激动，鲈鱼们眼看着伙伴们不断牺牲，也丝毫不会胆怯退缩，它们不断组织一波又一波的进攻，决不会撤退，决不会临阵叛逃。就是被钓上了鱼钩，也要撑起背鳍、尾鳍、胸鳍上的长刺，鼓起鱼鳃上的尖刺，张大嘴巴，做就义前的最后反抗。很多钓手尽管带着专用胶皮手套，也难免被鲈鱼刺伤，涌出鲜血。这种鱼最大的特点就是富有战斗精神、反抗精神。夸张点说，鲈鱼要么成为彪炳史书的英雄，要么成为打家劫舍的匪徒，它们就是不甘心过平淡的生活，它们身上一直保持着一股血性。

鲈鱼小时候，也喜欢聚群生活，因为它们对自己判断准确，尽管有成为侠客的潜质，但是实力尚弱，还需要韬光养晦几个月。鲈鱼性格莽撞、勇猛，有血性，其性格在成长过程中，逐渐从合群到离群索居。鲈鱼长到一斤以上，它们就开始离家出走，过起了独立的生活。鲈鱼身上的斑点，图案绝不雷同。鲈鱼一般斤把沉，但是它们中的少数却可以长到二三十斤重，那些侥幸长得巨大的鲈鱼，身价倍增，实力强大，很难被捕获。这些大鲈鱼很像人群中的暴发户，它们会返回头吃小鲈鱼。当然，更多的大鲈鱼还是爱吃美味的对虾。大鲈鱼通过被捕捞的过程，在百里滩百姓家中，傲视昔日瞧不上它们的人们，然后留下自己庞大的肉身，供故人们分享。

十斤往上的大鲈鱼，与排骨一起炖，是百里滩人的独特菜肴。排骨属于百姓改善生活时享受的食材，与鲈鱼一起烹饪，可见人们对大鲈鱼的重视。

百里滩的老渔民前辈介绍，当年他们上船捕获大鲈鱼后，会把鲅鱼肉与对虾肉剁成肉馅，灌进鲈鱼鱼肠、鱼肚里，与鲈鱼肉一起炖。很多人没吃过这种鲈鱼鱼肚、鱼肠做肠衣的海鲜香肠，但是只要略微想象一下，就足以垂涎欲滴了。

四

对麻蚶子这种小海鲜的鲜肥记忆，大多储存在居住于渤海湾的百里滩人与冬日生活有关的碎片记忆里。

人们不会忘记那低矮的平房、拥挤凌乱的小院、盖着厚棉被的大白菜，特别不会忘记家家户户入冬后购买的一草袋泥浆浆的麻蚶子。

用麻袋装麻蚶子销售的年代，一麻袋一百斤左右的麻蚶子只需两元钱左右。麻蚶子最便宜时，每斤是以厘为单位计算的。也可以这么说，那个年代，人们不可能买几斤麻蚶子，每次购买都是以百斤计的。买来的整草袋麻蚶子，随便往院子角落一堆，随吃随扤。

那时，自来水还没通进各家各户，住平房的人们共用户外的自来水。自来水的水泥井台，总是结着厚厚的白冰，来这里挑水的人们，很容易遇到有人提着一大篮子泥疙瘩一样的麻蚶子，放在井台中间，把自来水龙头拧到头，任由粗壮有力的水柱訇然作响，砸向麻蚶子。在自来水的冲击下，麻蚶子壳瞬间纹路清晰，麻蚶子壳的纹路呈放射状，放在眼前看，就像微缩版的田垄一般，蚶壳上的那层棕色小绒毛，也见了本色。把篮子抖几下，让麻蚶子上下层换位置，让每个麻蚶子都有被充分冲洗的机会，力争不留一点泥浆。再提着篮子回家，刚才无比腌臜的麻蚶子就变成白花花的俊俏模样了。

冬日傍晚，窗外寒冷黑暗，对于百里滩的孩子们而言，充满了未知的恐惧，而窗内温馨明亮，一家人熟悉又亲切。大家围坐于饭桌，饭桌中间是一大盆刚从热气腾腾的锅里捞出的、多半已微微咧开嘴的麻蚶子。麻蚶子热乎烫手，咸香气弥漫，一家人说说笑笑开蚶子肉。孩子们此时变得很乖巧，踏踏实实坐着，耐心细致地帮大人剥麻蚶子，不是孩子们突然懂事了，而是刚出锅的麻蚶子实在太馋人了。一边剥蚶壳取出净肉，一边把某个看起来又嫩又肥又干净的蚶肉塞进嘴里，和着口水大方地嚼着。肥嫩的蚶子肉饱含鲜美的汁水，咀嚼好久，鲜美的滋味仍然清晰可辨。此时，孩子们的贪吃是不会被父母责备的，因为父母也忍不住会吃上几个。孩子们因为留神了口中鲜美滋味，偶尔会把蚶壳扔进放净肉的盆里，自然会引来大人两句取笑的话。煮熟的麻蚶子，有一半是不张嘴的，不张嘴的麻蚶子，就得用工具从屁股门处撬开。通常用小金属勺。麻蚶子被撬开后，身体里面的汁水立刻流出来，汁水是鲜咸的，很蜇手。而这些不张嘴的麻蚶子，因为肚子里没啥泥垢，又汁水丰沛，是最适合开壳即食的。开好的蚶子肉，并不用清水洗，就用煮麻蚶子的热水，澄清泥沙，好歹洗一遍，这样处理，麻蚶子不失鲜美味道。

一家人的开心笑声与凝结在窗玻璃上的越来越多的哈水，转天会变成美丽的窗花，这些冰花很像各种海草、海带的形状，似乎绚烂的冰窗花不仅点缀了美好的冬日、镌刻下百里滩百姓家庭寻常的幸福，也融入了大海缕缕魂魄。

那时候，在期待过年的那些无聊日子里，小伙伴们乐趣之一，就是从放在院子的麻袋中，拣出几颗冰疙瘩般冻手的麻蚶子，忍着自来水砭骨的冷，把麻蚶子外壳上的泥垢洗净，然后放在烧着煤核的炉火盖子上烤。

挑选麻蚶子前，那个孩子会先悄悄打开麻袋口，在泥疙瘩一样的麻蚶子中，寻找张开壳露出鲜嫩蚶子肉的，用草棍儿捅一捅，蚶子壳闭合，夹住草棍儿，就把泥疙瘩提起来，冲着其他小伙伴咧着嘴傻笑。

烤蚶子时，蚶子壳里渗出的汁水流淌在炉盖上，立刻滋啦滋啦变成了一串舞动的小气泡，气泡很快缩小、消失，只留下一点痕迹。麻蚶子张了嘴，就用筷子把蚶子夹离炉火，扔在地上，等不及蚶子壳晾凉，就赶紧抓在手中，被烫得龇牙咧嘴，也舍不得撒手，左右手来回交换托着滚烫的麻蚶子，嘴里还“哈哈”地向手心不停地吹气。

把麻蚶子壳掰开，露出土褐带红的肥嫩蚶肉，一口叼住，牙齿上发力，把蚶肉撕扯下来，吞进嘴里，没咀嚼几下，也许只在蚶肉上留下了几排牙印，就咽下肚子，再和伙伴们继续争食下一只烤蚶子。这种烫嘴的烤蚶肉，鲜美多汁，还有烧烤海鲜的独特香味，颇富嚼劲，但因为易得，当时并不觉得多么稀罕。而且偷吃几个麻蚶子，不算什么过错，不会被责罚的获得，总是难以征服孩子们热爱冒险的狂野之心。

到了大雪漫天飞舞的冬天，老天给大海加了个盖子，让所有的树梢都失去了色泽。但是，祖先早为我们做了设计，从“美”这个会意字上，就能看出。

古人以“羊”“大”为“美”。不知古人如何受用羊大之美。我知道，今人是以痛涮肥羊来享受这灰色的冬天的。

热气腾腾的火锅，用麻蛤子、海螺、扇贝、海虾做锅底，四季都被浓缩了，加上翠绿的蔬菜、鲜红的羊肉、肉质如果冻的海鲇鱼，海洋与陆地在这里交融了。

冬天的海鲇鱼，已经从初夏时火柴棍长短纤细的小毛孩子，长到了头如拳头大，身如火腿粗的壮汉。涮火锅时，把鲜活的海鲇鱼清洗切成寸段，开锅即熟，鱼肉鲜美如蟹腿，软嫩的口感则如豆腐脑，涮羊肉的高汤也因为海鲇鱼而变成奶白色，羊肉也渗入了鱼鲜。如果再辅以几瓶本地葡萄酿制的干白葡萄酒，再约上三五同道好友，鲜香、果香满口，隔窗读雪，饮酒谈诗，酒酣气振，睥睨宠辱。谈笑间，虽无灰飞樯橹之武功，也不乏指点江山之豪情。以此佐严冬，夫复欲何求？

五

享受四季之贻，就是感恩家乡的美好、感恩生活的富足、感恩生命的美好。

四季像一本书，书页上写着文字，也留着空白，空白之处，由走过四季的人自己做注脚。我们的成长注定了我们所书写的内容永远不会重复。四季虽周而复始，却令人常品常新，令人久品不厌。

古来圣贤皆寂寞，唯有饮者留其名。圣贤的日子肯定是清苦的，所以李白选择了斗酒诗百篇的有滋有味的写作道路。欧阳修《醉翁亭记》中的一句话：“醉能同其乐，醒能述以文者，太守也。太守谓谁？庐陵欧阳修也。”享受四季之贻，于是述之以文，无愧生命之美。

家乡百里滩在逐渐消失。更确切地说，正像冰山一样消融于现代化的海洋。

那么，保护好家乡的味道，就是传承了家乡人的集体记忆。无论把故乡叫作汉沽也好，叫作百里滩也好，它们只要清晰地存在于人们的味道记忆里，它们就鲜活地存在着，谁也不能使之消泯——这是我写了近二十万字的百里滩风物美食文章的最主要意义吧。

可敬的作家史铁生说，人的故乡，并不止于一块特定的土地，而是一种辽阔无比的心情，不受空间和时间的限制。这心情一经唤起，就是你已经回到了故乡。

能否这样说，人的故乡，并不止于一块特定的土地，而是一种深刻于心的味道记忆，不受空间和时间的限制，这记忆一经唤醒，就是你已经回到了故乡。